AF132088

# Langues des bois

Edition : Books on Demand,
12/14 rond-Point des Champs-Elysées, 75008 Paris
Impression : BoD - Books on Demand, Norderstedt, Allemagne
ISBN : 9782322205844
Dépôt légal : février 2020

# Langues des bois

## Bernard Franquin

## Edition BoD

Edition : BoD-Books on Demand
12/14 rond-point des Champs-Elysées,
75008 Paris
Impression : BoD-Books on Demand
Norderstedt, Allemagne

ISBN : 978-2-322-205844

Dépôt légal : mars 2020

*Aux enfants sur qui l'on se décharge de la lourde tâche de purifier la terre, aux miens qui me donnent la légèreté d'y vivre.*

**Olivier**

*Il sourd*
*Un soir d'hiver*
*Au matin de mes jours.*

*Doux chérubin*
*Qui sourit aux anges,*
*Vif diablotin*
*Qui trotte à vauvert.*

*Je cours*
*Hors d'haleine*
*Derrière son derrière,*
*Trébuchant à foison*
*Sur ses éclats de rires.*

*Menottes friponnes,*
*Et œil malicieux*
*N'entendent raison*
*Qu'une fois l'oreille tirée.*

*Ses paroles dorment*
*À poings fermés*
*Et des tons rauques*
*Crient la douleur des sons*
*Broyés sur son enclume.*

*Mais dès que la langue*
*Lui lèche la main,*
*Les mots sautillent*
*D'un doigt à l'autre.*

*S'en vont les maux de gorge*
*Et l'or du silence*
*De mon petit trésor*
*Scintille*
*Dans mes pupilles.*

**Zoé**

*Vague que vaille,*
*Le temps fripe*
*Ma couenne,*
*Les jours s'embourbent*
*Au creux de mes rides.*

*Tombe dans une ravine*
*Une grêle graine*
*Grappillée*
*Au fruit défendu.*

*Elle germe,*
*Gerce mes chairs,*
*Tête mon sang,*
*Troue mes os,*
*Prend mon cœur.*

*Le petit ange du soir*
*Chasse*
*Du paradis*
*Le démon de midi.*

*Dès que ses cils graciles*
*Chatouillent*
*Mon regard,*
*Sa fossette canaille*
*Dévore*
*Mes pensées.*

*Est doux*
*Le souffle d'un enfant*
*Sur une peau*
*De chagrin.*

7

*La Nature est un temple où de vivants piliers*
*Laissent parfois sortir de confuses paroles ;*
*L'homme y passe à travers des forêts de symboles*
*Qui l'observent avec des regards familiers.*

                                        *Baudelaire*


De saison en saison, sans rime ni raison,
Des êtres vagabondent dans la magie d'un monde
Où, dès que l'aube luit jusque tard dans la nuit,
*Les parfums, les couleurs et les sons se répondent.*
Leur printemps était vert mais noirâtre est l'hiver
Car de nouveaux patrons, abjects pilleurs de troncs,
Veulent qu'ils ravagent la forêt sauvage
*Sans rien voir au dehors, sans entendre aucun bruit.*


Jean évoque la vie de ces gens aux abois,
Jadis gardes-protecteurs des Eaux et Forêts,
Aujourd'hui techniciens prospecteurs de bois,
Priés de profaner ce qu'ils ont adoré.

# *Printemps*

Deux, trois caresses
De l'astre vermeil
Et l'allégresse
Perce le sommeil.

Le sol gelé
Ragaillardit,
La giboulée
Le reverdit.

La graine
Bourgeonne,
La reine
Bourdonne,

La fleur
Se vend
Au vent
Siffleur

Tant
Doux,
Quand
Fous,

Dards
Durs,
Nards
Murs,

Eclats
De tons,
Ebats
De sons

Tortillent
Les hampes,
Titillent
Les tempes,

Rendent folle
La fauvette
Que fleurette
Affriole.

Parfums de rose,
Muguet, bois-
puant,
Houx, phallus
gluant,
L'odeur explose.

C'est le printemps, une abeille l'a vu et le rucher bourdonne de cancans. Sous les papouilles d'un soleil polisson, les graines défoncent le sol, les cotylédons se défroncent, les tiges défroissent leur robe, sauterelles et coccinelles défripent leurs ailes. Étrange nature qui s'endimanche aux beaux jours et se dénude aux premiers frimas. Une dernière brume rince le rance de l'hiver, imprègne chaque brin d'herbe de capiteuses effluves. A peine la verdure a-t-elle mangé le brun de la terre que d'infinies couleurs la gercent. L'anémone sylvie blanchit le pied des frênes, la pulmonaire empourpre la sente, véroniques et campanules bleuissent la pente, elles se hâtent avant que les bourgeons des ramées n'éclatent en ombrageux feuillage.

Vite, ils bedonnent déjà !

Du haut des cimes de bouleaux au creux des terriers de blaireaux la forêt se trémousse, la sève l'assaille. De puissantes gerbes gluantes jaillissent de la terre, pénètrent les plantes. Qu'elles saillissent la minuscule renoncule ou l'énorme orme, leur verdeur est semblable, la vie s'empare du monde, même le gros chêne a du mal à cacher son trouble sous son écorce crevassée. Jarretières et corsages dégrafés affolent cétoines et abeilles, bourdons et syrphes troussent jupons dans un guilleret chambardement. Tout au désir de goûter au fruit défendu, chaque fleur offre sa virginité au premier venu, velu ou nu, tous inconnus.

- *D'Zitt isch do !* gazouille la mésange. Le vent froufroute de plaisir, le ruisseau glougltoute la nouvelle de roches en roches, léchant avec entrain les derniers cônes de glace.

- *Comment cette charbonnière peut-elle annoncer l'arrivée de la belle saison ?* glapit l'épervier dont les yeux perçants n'ont pas encore vu le bout d'une queue d'hirondelle.

Elles sont quelques-unes à tournoyer autour du quetschier de la maison forestière où, depuis hier, s'installe un homo sapiens qui s'imagine aussitôt qu'elles parlent de lui.

- *Ah, ces hommes avec leur manie de tout rapporter à leur nombril !* piaille le rouge gorge. Il est l'un des rares habitants à fréquenter la bête humaine. Il sait que son orgueil lui fait croire qu'elle est au-dessus de son environnement et que sa bestialité la rend plus répugnante qu'un charognard, mais il y trouve son compte en picorant les miettes de pain déposées sur le rebord de la fenêtre. Son excès de confiance le perdra quand la patte du chat rabattra son caquet. Pan ! Sur son bec gourmand.

Pour l'heure, il observe l'occupant des lieux.

Jean s'affaire à rendre la maisonnée habitable. L'Office National des Forêts lui a accordé dix jours de congé d'installation. Il en a bien besoin vu l'état des lieux. La demeure est inoccupée depuis plus d'un an, les plafonds se lézardent, la tapisserie se gondole, la sittelle a becqueté le mastic des vitres, un vent violent a volé les volets du haut et un visiteur a défoncé la porte de la cave malgré la garde assidue d'une armée d'orties géantes urticant jusqu'au cou rôdeurs et maraudeurs.

Un paradis pour ce soixante-huitard encore boutonneux dont le rêve de vivre en communauté dans un hameau ardéchois est écorné par un solide bon sens paysan. Les pieds sur terre, il sait qu'un ventre vide n'a pas d'oreilles. Le statut de fonctionnaire lui assure le souper avant qu'il ne s'endorme à l'heure où la chouette s'éveille. Hululements et ronflements s'entremêlent, l'une chasse sous la lune, l'autre écoute la belle étoile lui murmurer ses rêves.

Il voulait être professeur de lettres classiques, le voici garde forestier stagiaire en poste dans les contreforts vosgiens qui dominent la plaine d'Alsace.

Les bras lui en tombent quand, sur le saule qui pousse dans la gouttière du toit, le merle moqueur flûte « le temps des cerises ». Fermant les yeux pour savourer le siècle qui l'en sépare, le béjaune ne voit pas la belle merlette s'approcher du chanteur.

Il a délaissé les dictionnaires, le gros *Gaffiot* latin et le gras *Bailly* grec, pour s'emplumer d'images d'oiseaux et s'enherber de flore sylvestre. Faut dire que différencier un sapin d'un chêne est l'alpha et l'oméga de sa culture champêtre. Encore qu'à première vue il confonde souvent l'*abies pectinata* avec son cousin l'épicéa mais, dès qu'il les effleure, l'élégant un peu raide et si bien peigné avec la raie au milieu se distingue nettement du mollasson hirsute où tout pendouille, même les cônes que l'autre dresse fièrement vers le ciel. Toutefois, l'investigation se complique quand celui qu'il veut identifier a la bougeotte. Sans jumelles, le néophyte a beau consulter son livre sur les oiseaux, il ne peut découvrir l'identité du moineau qui fait son nid dans la cabane du bout du jardin. Trop gris, trop vif.

- *C'est une fauvette babillarde. Tu trouveras à qui parler dans ce lieu solitaire,* lui souffle un bûcheron.

Il y a déjà de quoi lire, le rouleau de papier hygiénique n'a pas encore trouvé ce trou du cul du monde où ballonne une pile de vieux journaux.

La maison est difficile d'accès. Six kilomètres de chemin caillouteux la relient au long ruban bitumeux qui serpente jusqu'au village en épousant l'ondoiement du ruisseau.

- *Enfin seul !* Le bonheur l'aveugle, mille ocelles l'épient. Personne ne le connaît, tous le craignent. Même le vieux sanglier se terre dans la souille dès que le geai signale l'intrus. Il sait que le trublion, plus lent qu'une couleuvre, plus puant qu'un putois, maîtrise le feu qui foudroie dans un bruit de tonnerre. Sa mère l'a mise en garde avant de mourir d'un trou dans sa hure dure à défoncer un sol gelé. Elle croyait qu'une laie allaitant sept marmots était à l'abri des balles, la consigne avait été donnée en début de battue. Bien sotte qui se fie aux paroles des hommes ! Unique survivant, le marcassin n'écouta plus aucun ragot et devint grand solitaire.

Pourtant Jean est un gentil. *Peace and love* est sa devise. L'aube des années soixante-dix lui permet enfin d'assumer son ascendance rurale. Durant sa jeunesse lycéenne et universitaire, il tenta tant bien que mal de cacher la défroque du péquenot sous le paletot de l'étudiant. La bourgeoisie n'aimait guère les bouseux, malheur à lui si une fille repérait ses chaussettes de laine reprisées par grand-mère. Bien avant de tuer le père, l'adolescent assassina le moujik dont il avait honte, veillant à ce que des ongles noircis ou une paume calleuse ne décèlent son crime.

La ruralité d'alors enviait la vie citadine, le luxe d'une salle de bain, le chauffage central, le cinéma, les beaux habits, les belles manières... Ses parents ne désiraient-ils pas l'extirper de la campagne en l'envoyant étudier en ville ? Son parrain lui répétait souvent :

*- T'as beau faire des études et aller dans la haute, il faut trois générations pour enlever l'odeur d'écurie.*

 Jean regrettait le temps où les serfs semblaient issus d'une génération spontanée tandis que le noble lignage de ducs ou barons remontait à l'âge d'or. Décrotter son patronyme devint une obsession.

Quand les drapeaux rouges et noirs des soixante-huitards s'inclinèrent devant les cols bleus, il renia ses origines et se prétendit fils d'ouvrier pour le sourire d'une blonde, le baiser d'une brune ou une caresse de rousse. A force de se frotter aux militantes maoïstes, l'apprenti dragueur devint un spécialiste de la lutte des classes.

Vint le retour à la terre, le goût du naturel, de la simplicité. Toute son enfance. Quelle joie de jeter les cahiers au feu et de réhabiliter ses ancêtres en maniant faux et fourches autour de la maison forestière ! Père et mère ne prisent pas ce retour en arrière. Ayant passé leur vie à débroussailler les champs, ils ne peuvent concevoir qu'une maîtrise de lettres s'en aille aux orties, ils ne se sont pas sacrifiés pour le voir au plus bas échelon des Eaux et Forêts, niveau brevet, alors que le chef de son chef, l'ingénieur forestier, a un diplôme d'études inférieur.

- *L'école d'ingénieurs des travaux est facile d'accès. Pourquoi ne passes-tu pas le concours d'entrée ?*

Mai 68 l'a drogué de soleil, de liberté, d'amour, il ne peut plus s'en passer. Ces petits bonheurs se cachent dans le pré, il en est persuadé. Sauter par-dessus la haie, grimper dans le cerisier entrent peu dans les activités quotidiennes d'un cadre de bureau autour duquel volettent de sombres diptères collant leur tristesse au plafond et chiant leur noirceur sur la lampe. Au milieu de sa clairière où les mouches à miel butinent l'ache et le serpolet, Jean a l'impression de retrouver le paradis terrestre avant la condamnation divine qui obligea ses parents à gagner leur pain à la sueur de leur front. Le grand air vivifie la liberté, l'isolement procure la paix, l'amour se cache sous les frondaisons.

Qu'importe la carrière si le bonheur est là ! La course aux honneurs n'oblige-t-elle pas à suivre la ligne tracée par la société ? Plus on monte, plus la voie se rétrécit et gare au mauvais pas si on s'en écarte. Certes, l'ascension sociale permet d'être vu et mieux rétribué. Mais que sont *paraître* et *avoir* à côté du verbe *être* que Jean a toujours placé au-dessus des autres ? *Son* extraordinaire irrégularité le rend singulier, bigrement vivant. Le recours à l'auxiliaire *avoir* complète harmonieusement sa conjugaison. On ne peut *être* sans *avoir* de quoi manger, où s'abriter, à qui parler…

La société de consommation en déduit que, si l'on ne peut trouver le bien-être sans un minimum d'avoirs, c'est que le bonheur se cache dans la possession et qu'il augmente forcément à mesure que les biens s'accumulent. *Avoir* devient la raison d'être. Comme il se conjugue à tous les temps, modes, voix sans auxiliaire, il se met à boursoufler quand son compère s'atrophie. Le verbe se fait chair, on adore son unicité.

Mais n'est-ce pas une obsession bovine que de ne penser qu'à se remplir la panse ? Jean rumine cette idée depuis belle lurette, il en conclut qu'il suffit d'un minimum pour être à son optimum car le bonheur n'est pas dans la matière mais dans la manière de gérer sa vie.

- *Pour vivre heureux, vivons cachés !* dit le proverbe.

- *et couchés*, ajoute le soixante-huitard, allongé sous les frondaisons, en douce compagnie. A bien des égards, l'horizontalité a plus de saveurs que la verticalité.

Aussi se dépêche-t-il de coller le papier peint de la cuisine. Peu lui importent les autres pièces qu'il a juste dépoussiérées, à peine a-t-il remplacé une vitre cassée de la chambre à coucher et déposé un matelas sur le plancher. Des caisses de livres et un vieux fauteuil s'enrhument dans le moisi du salon tandis que l'éponge de l'évier transpire à côté des plaques rougies de la cuisinière. Unique gros investissement qu'il a consenti de faire sur les conseils d'un collègue, le fourneau possède un foyer profond qui garde les braises durant toute la nuit.

- *C'est cher mais tu ne regretteras pas ton achat,* lui avait-il dit.

Pendant quarante ans, de grosses bûches bouteront le froid hivernal hors les murs et de fines charbonnettes obligeront l'humidité estivale à s'essuyer les pieds avant d'entrer. Bureau, salon, quelquefois dortoir, la cuisine concentre autour de son poêle toutes les activités de la vaste demeure. Déjà quelques livres baillent sur la table à côté de l'assiette de soupe, la coquine aura bien souvent l'occasion de les éclabousser. Les chaises se couvriront d'habits empressés de se sécher. Les chaussures se vautreront près du feu, bourrées de papier journal. Certains calepins de bureau se camoufleront sous la queue des casseroles, en sortiront fripés et maculés de graisse.

Une grosse lampe à pétrole cramponnée au plafond sautille sur la table lorsqu'elle veut sentir ce qu'il y a au fond des plats ou lire entre les lignes du journal couvert d'épluchures. Ailleurs, une odeur de cire fondue se mêle aux relents de cheminées froides. La maison n'a ni téléphone, ni électricité. Une bénédiction pour quelqu'un qui aspire à être un homme des bois.

Le home des bois n'attend guère ce va-t-en-guerre contre la société de consommation. La piéride du chou a dénombré vingt mille plants d'épicéas mis en jauge dans le pré de service et l'affreuse nouvelle papillonne jusqu'à la parcelle de hêtres coupée à blanc l'hiver dernier. L'homme sage et pensant a décidé de replanter l'espace dénudé de manière artificielle. Sol et plantes regrettent cet horrible enrésinement mais, ne pouvant s'opposer directement aux tronçonneuses et fers à planter, élaborent un lent processus d'élimination. Fougères et genêts étouffent dès la première année le maximum d'envahisseurs avant que l'ouvrier ne les décapite avec son croissant acéré. Le campagnol en élimine quelques-uns en rongeant leur collet puis la nature laisse l'homme s'enorgueillir de sa victoire. Dès que les troncs s'épaississent au point de devenir rentables, le bostryche s'y installe après une saison sèche que les pessières n'aiment guère. La petite bête vole, troue, baise, pond. Ses larves creusent des galeries qui coupent les canaux de la sève. Le feuillage roussit, les aiguilles tombent, l'arbre meurt. Le cerf se charge des survivants, arrache des lambeaux d'écorce protectrice ; les champignons se ruent dans les écorchures et gâtent le bois jusqu'au cœur.

*On ne commande à la nature qu'en lui obéissant*, disait Bacon, quatre siècles passés.

Tout penaud, le forestier réintroduit des feuillus qui ont bien du mal à pousser sur un sol acidifié par les aiguilles résineuses.

- *Sans nous, il n'y aurait plus de forêts,* lui disent ses confrères.

Jean en est persuadé quand il entame son premier jour de travail. Il mettra des mois à reconnaître l'imbécillité de sa première tâche, des années à comprendre que la forêt n'a pas besoin de son aide mais il y retrouve aussitôt ses racines. Tôt levé, rasé, lavé, il attaque dès l'aurore l'œuvre de sa vie. Sept ouvriers attendent ses directives pour déterrer les plants, les transporter et les planter en rang d'oignons sur le versant sud de la colline. Heureusement que Maurice, le collègue chevronné qui assurait l'intérim du poste jusqu'à sa venue, est présent. Jean n'y connaît rien, pas même le prénom des participants qu'il assimile très vite en étant à leur contact tout au long de la journée.

En fait, Maurice passe son temps à lui expliquer le bien-fondé des travaux. C'est Alphonse, le maître-bûcheron, qui prend les choses en main.

Tout le monde l'appelle Fonnss. Il est venu avec son tracteur et une remorque sur laquelle les plants sont chargés.

Peuf, peuf, peuf ! Un nuage de fumée noirâtre les emmène sur la pente de la montagne où linottes, pouillots, gros-becs s'enfuient de peur d'être gazés.

Péniblement, le Vendeuvre des années cinquante arrive sur le ressaut de la parcelle quarante-huit où Jean voit le cul blanc de sa première biche détaler dans les fourrés.

- *C'est un chevreuil,* corrige Maurice.

L'ébahissement demeure.

Deux hommes s'empressent de remettre en jauge les vingt mille plans d'épicéas, livrés par bottes de cinquante. Les racines ne supportent pas la dessiccation.

- *Une simple heure au soleil les tue,* dit doctement le plus grand des deux. Un troisième coupe une trentaine de longs bâtons dans des cépées de noisetiers, Fonnss en prend quatre et piquette la première ligne de plantation, un jalon tous les cinquante mètres. Jean-Pierre le suit et fiche ses balises à un mètre de distance, un autre le suit, etc.

Une fois les plants mis à l'abri, le terrain jalonné, les ouvriers se rassemblent autour du feu que l'un d'eux a allumé, sitôt arrivé. Jean découvre alors qu'il n'est pas nécessaire d'avoir un journal froissé ; un bout de bois ordinaire, une allumette suffisent. L'ouvrier madré ne lui dit pas qu'il s'agit d'un morceau de pin empli de résine, il le découvre de lui-même en touchant une autre bûchette qui lui colle aux mains. Le feu prend corps, les flammes lèchent d'abord de fines brindilles, puis des rameaux noueux, enfin de bons rondins s'éclatent dans les braises. La tronçonneuse découpe un tremble en tronçons de quarante centimètres qui sont allongés face aux flammes. Chacun s'assoit sur un billon, les fesses au chaud, sort le casse-croûte de la besace, Jules s'est fait une pique avec une branche au bout de laquelle grille une tranche de lard, Valentin casse des œufs dans une poêle, Charles pose sa gamelle contre les braises... La mangeaille est chaude et copieuse, la bouteille est à portée de main, le gros rouge près du feu, le blanc derrière le dos. Qu'il soit un rugueux Maréchal Joffre ou un traminer généreusement soufré, le liquide sera longtemps redouté par Jean. Que de céphalées subies après avoir goûté au vin artisanal directement tiré des tonneaux de la cave ! Tous sont moitié agriculteurs, moitié sylviculteurs. Un mélange d'odeurs de vache et de résine imprègne leurs vêtements. Qu'ils fanent, moissonnent, vendangent dans leurs champs ou bûcheronnent sous les frondaisons, le même béret couvre leur tête, la protégeant du froid, du chaud, de l'eau, du soleil avec constance.

Lorsque Fonnss range son couteau de poche, les hommes se lèvent, boivent une dernière lichée, chargent le brasier, penchent leur siège vers les flammes, pendent leur ruck sac à une branche. Rituel immuable qui enraie les rhumatismes et évite aux renards, fourmis ou chien du forestier d'avoir une indigestion.

Sept bottes d'épicéas sont dénouées afin d'habiller leurs racines. L'opération consiste à raccourcir les radicelles trop longues et à éliminer les blessées. Vu leur état défraîchi, Maurice impose un habillage individuel et demande à ce que chaque plant soit praliné dans la boue d'une souille de sanglier. Puis, une pioche dans une main et un sac contenant la botte d'épicéas dans l'autre, les ouvriers gagnent les premiers jalons.

- *On plante en fente sur la partie limoneuse du bas et en potet sur la pente caillouteuse,* annonce Maurice.

Fonnss prend la première ligne avec sa houe forestière à double tête, d'un côté une hache qui crée une fente dans la terre, de l'autre une pioche qui la creuse. D'un coup de hache, il fend le sol ; d'un coup de pioche, il ouvre la terre, y glisse un plant, enlève le fer de la houe, et la glèbe enferme les racines. Sa main tire la tige jusqu'à ce que le collet apparaisse, puis son pied tasse la motte. Au suivant… Un mètre plus loin, un plant est fiché en terre.

Jean est stupéfait de la rapidité du travail, fasciné par la beauté du geste. En deux coups de pioche, l'affaire est réglée. Toutefois, planter en potet est plus besogneux, faire un trou d'une trentaine de centimètres dans la caillasse demande du temps et de la sueur. Le rythme baisse mais, cahin-caha, la troupe avance, les lignes se dessinent, la colline se strie. Quatre jours suffisent pour planter les vingt mille épicéas sur les deux hectares de terrain dénudé, un plant tous les mètres. Le rôle de Jean est de vérifier la qualité de la plantation, la tige doit être verticale, enterrée au niveau du collet, bien tassée, l'espacement respecté. Ce travail ne requiert pas beaucoup de temps. Il en profite pour s'enfoncer dans la forêt.

## Le bête

*Tu devrais avoir un chien,* lui disent les bûcherons

Le lendemain, ils déposent un joli nou-nours pattu sur le paillasson de la maison forestière. *Kouki* reçoit une solide éducation soixante-huitarde. Ni laisse, ni collier, vive la liberté !

Quelques mois plus tard, l'impressionnant chien-loup vaque au milieu des bois, au gré de ses fantaisies.

Un jour, le chien traverse une route, la voiture pile, la suivante lui rentre dans le derrière, la troisième dans la deuxième, …, jusqu'à sept. Jean le récupère dans un chenil sous l'œil mauvais d'un conducteur à qui il apprend que l'animal n'est aucunement responsable vu qu'il n'a pas été percuté.

Un autre jour, le loup ramène un faon égorgé. Il est attaché, la chaîne le rend fou, il s'échappe souvent, revient la gueule en sang puis disparaît à

## La bête

Je cours avec mes frères et sœurs autour de la niche de maman quand deux malotrus à fort goût de sapin s'emparent de moi et m'emportent dans leur voiture. Ils me déposent devant une maison isolée au milieu des bois. J'ai peur et j'aboie d'une toute petite voix.

La porte s'ouvre et un autre malotru me prend dans ses bras, me caresse, me donne du lait, des gâteaux.

Je fais pipi de joie mais la nuit, maman me manque, je pleure beaucoup.

Je m'amuse avec les poules, les lapins. Seulement quand Jean n'est pas là. Sinon, il me gronde. Il lui arrive de me donner une tape sur le derrière, je couine beaucoup même si cela ne fait pas mal. Il est plus maître-queux que maître-chien.

Dès que je suis grand, je gambade dans la forêt. A mesure que je m'éloigne de la maison, je me rapproche de mes ancêtres. Jean a beau

25

jamais. Un coup de feu dans la brume du soir...

Maintes fois, le garde-chasse l'avait prévenu.

Jean lui en veut à mort. Cette colère se justifie-telle quand on a fait de même ?

Dans une grande cage d'un mètre de haut, à ciel ouvert, s'ébattent une douzaine de lapereaux qu'un matin Jean trouve gisants, deux morts, dix blessés. Vu la hauteur du grillage et la petitesse du chiot, ses soupçons se portent sur un chat errant, un vieux minou, noir et blanc, que l'ancien locataire des lieux n'a pas emporté dans sa retraite.

Vite, la vingt-deux long rifle et pan ! Jean lui troue la peau.

L'on lui explique après coup que les traces de bave sur les pelisses des lapins prouvent que le meurtrier aboie et ne miaule guère.

Et le voilà assassin comme son chien.

crier « Kouki, Kouki », c'est ainsi qu'il m'appelle, je ne reviens pas, un loup n'a pas de nom.

Je suçote framboises et mûres, attrape les bourdons en plein vol, évase les trous de campagnols.

Un jour de mai, je tombe sur un jeune chevreuil. Je joue avec ma peluche, si douce au niveau du cou, si tendre que mes crocs traversent sa peau, une goutte de sang en sort, j'en suis fou... Je l'apporte à la maison. Quelle erreur ! Me voici attaché. Quand je geins trop longtemps, Jean me détache. Je m'évade à la moindre occasion, chasse à ma guise malgré les coups de feu en l'air du garde-chasse. Ce soir, je profite d'une visite d'amis attablés autour d'une bouteille rouge.

Plus elle blanchit, plus ils rosissent, je m'évapore.

Ouaf ! Il est mignon ce petit faon.

En trois sauts, je serai dessus.

Un, deux, *pan !*

En ce milieu d'avril, les arbustes s'enfeuillent sous les gros arbres qui n'arrivent pas à sortir de leur coma hivernal. Charmes, sureaux, sorbiers s'éveillent timidement sous les frondaisons engourdies. Çà et là chèvrefeuilles, ronciers, framboisiers prennent couleur à côté de fourrés de hêtres affreusement flétris dans leurs feuilles marcescentes. De longs chatons jaunâtres pendent sur le blanc des bouleaux qu'un vert clair habille graduellement. Imitant les merisiers, les épines noires du prunellier se couvrent de blanc alors que de jolies feuilles vertes trilobées couvrent l'épine blanche longtemps avant que les fleurs ne répandent leur parfum d'aubépine. Les oiseaux s'égosillent dès le matin pour réveiller les gros dormeurs. Fini l'engourdissement ! Le bourgeon gonfle, la volupté fleure bon.

La vie jaillit de partout. De minuscules points noirs grouillent sur la fourmilière géante composée de milliers d'aiguilles de pin, entassées bon an mal an par des générations d'infatigables travailleuses. Jean se prend pour Gulliver au milieu du peuple lilliputien. Une forte odeur de vinaigre imprègne ses mains de géant. Il n'agira pas de même devant des fourmis rouges, la piqûre de leurs soldats lui sera cuisante. Puis il prend connaissance de son premier chêne. Il tire un guide de dendrologie de sa poche et se met à analyser l'arbre à l'écorce crevassée. Ce sont les feuilles lobées éparpillées autour de la souche qui lui mettent la puce à l'oreille, des cupules de gland à long pédoncule lui disent qu'il s'agit d'un *quercus robur*.

Jean est fier de connaître le roi de la forêt. Il trône au milieu d'une clairière et regarde agir celui qui se croit le maître des lieux. Il a connu la révolution française, subi trois guerres et ombragé une vingtaine de gardes forestiers avant de toiser ce jeunot qui farfouille ses dessous en quête de sa feuille d'identité. Demande-t-on ses papiers à un roi ? Cet énergumène a une âme de révolution-naire. Sera-ce lui qui me guillotinera ?

### Les chênes

*Joufflus, touffus,*
*Ils s'élèvent*
*Par milliers*
*Mais ils crèvent*
*Dès l'enfance.*
*Quelques tiges*
*Font bombance,*
*Enflent leur fût*
*Et le figent*
*En pilier.*

*Bon an, mal an,*
*Leurs gros gras glands*
*Affriolent*
*Les animaux.*
*Geais, écureuils*
*Les leur volent*
*Sur les rameaux,*
*Laies et chevreuils*
*Sous les lobes*
*De leur robe.*

*S'ensorcellent*
*Et craquellent*
*Les écorces*
*De leurs torses,*

*Ils sont vieux,*
*Ceints d'envieux.*
*De drus fayards*
*Bien gaillards*
*Les entravent*
*Et les bravent.*

*La vermine*
*Y chemine,*
*Le pleurote*
*Les picote.*
*Que lierre*
*Les enserre,*
*Gui s'y cloue,*
*Pic les troue,*
*Ils demeurent*
*Quand tous meurent.*

Jean s'assied entre deux racines, nuque collée au tronc. Il bloque sa respiration pendant quelques secondes puis aspire profondément un grand bol d'air frais. L'envahissent alors un sentiment de plénitude, l'impression confuse d'être en harmonie avec la nature. Le monde de la forêt - *for, ce qui est en dehors du monde cultivé*- lui est inconnu et pourtant il s'y sent à l'aise. Ses pupilles vagabondent en toute liberté, vibrionnent autour des bourgeons du chêne, dédaignent les petits, ronds et brunâtres mais chatouillent ceux qui gonflent, allongent leurs écailles et s'entrouvrent pour s'épanouir en fines feuilles fripées au pourtour roux et à nervure centrale vert clair sous lesquelles pendouillent les chatons foncés des fleurs mâles. La tendresse du vert juvénile absorbe la tristesse des rameaux dénudés. Isolé, à l'abri de la bise, face au soleil, le roi se drape sous le regard endormi de ses sujets et le langoureux bourdonnement du parterre d'insectes venus assister au réveil du monarque.

Une brise badine emporte les pensées de Jean. Loin, très loin. Elles dansent dans l'azur, légères et turbulentes, sautent sur les nuages, passent allégrement de l'un à l'autre avant de s'enfoncer dans le noir d'un orage qui fonce l'horizon. Sont-elles plus follettes que ce ciel capricieux ? Une mouche le pique et le voilà qui passe du rire aux larmes. Maintes fois, de brusques risées douchent la joie printanière. Le pinson en perd sa gaieté, ses trilles ébauchées par beau temps se noient dans une pluie battante. La grenouille est fort marrie de ne pouvoir prédire le temps sous ce soleil radieux qui passe à travers les gouttes de grosses giboulées. On dirait que le ciel pleure de rire du bon tour qu'il nous joue.

Jean sait que les arbres attirent l'eau, la boivent et la transpirent, tout comme ils oxygènent l'air sous le feu du soleil qui assimile le carbone aux sels de la terre. Les quatre éléments qui s'amalgament en eux leur donnent une stature titanesque où les racines s'attachent à la terre et les rameaux s'accrochent aux étoiles, uniques vestiges de l'antique mariage de Gaïa et Ouranos sauvagement détruit par Cronos. Avec de tels compagnons de route, Jean se sent paisiblement puissant. La force tranquille de la nature lui insuffle vigueur et quiétude.

Il la pénètre, tôt le matin, en toute innocence, ignorant et curieux de tout, sort de son étreinte au crépuscule, complètement abruti, les capacités intellectuelles engourdies par un étrange méli-mélo de bestialité et de spiritualité.

Son corps et son âme se déconnectent du cerveau.

Ses yeux s'émerveillent de la banalité du beau. Hier, le vert imprégnait ses prunelles, aujourd'hui elles s'abluent dans la blanche innocence des fleurs d'aubépines, sureaux, sorbiers, cornouillers. Les fruitiers étalent sans pudeur l'éclat de cette blancheur car ils savent sa fugacité. Le robinier au contraire laisse longuement grisonner ses grappes mellifères. A-t-il gardé la candeur proverbiale des peuples amérindiens ou a-t-il confiance en la vertu de ses épines ? Stellaires, silènes, angéliques, ciguës s'en moquent. Leur lactescence immaculée atteste que la pureté est rare mais persistante, bien loin de l'entêtante fièvre du début du printemps où muguet et ail des ours tentent de faire oublier le moelleux de la neige par l'enivrante odeur de leur hampe florale. Demain l'herbe à Robert rosira quand le jaune coucou titillera la candide bourse à Pasteur tandis que la grande consoude, très « fleur bleue », s'indignera de ce que l'hirsute épilobe ensanglante les ravines.

D'innombrables couleurs chatoient sous le soleil. Au haut de la colline, digitales et genets enchantent la clairière ; au fond de la vallée, boutons d'or et tilleuls argentés étalent leurs richesses devant la reine des prés qui leur préfère l'amour fou d'un frêle coquelicot. Nul orage dans l'air et pourtant un arc-en-ciel permanent nimbe les herbages.

### Diaprures.

La terre vomit sa bile.
L'ivraie perce la neige,
La glèbe s'enherbe,
Le frêne s'enfeuille,
La mousse s'empierre.

Solitaire,
Le vert vorace
Ingère
Blanc, bis, brun.

Daphné empourpre
Cette lave de jade,
Véronique y plante
Des bouts de ciel,
Benoîte les parsème d'étoiles.

Orageux,
De gros nuages
Pleurent
Leur maman.

Les fleurs s'envolent,
Chamarrent les nues,
Mordorent le noir,
Se mordent la queue
Restée sur terre.

Chatoyante,
Leur longue traîne
Irise
Les larmes.

Gigantesque ou naine, simple ou somptueuse, chaque plante attire le regard. L'émerveillement se niche également dans le rouge d'un chœur de linottes chantant la douceur du soleil, dans le rose d'un cœur de grès écorché par la pluie, dans la peur bleue d'un lapereau prenant son baptême de l'air dans les serres d'un autour.

Partout.

Parfois dans le vide. Un rocher en équilibre sur le bord d'un escarpement. Un vieux saule marsault dont le tronc évidé est un immense trou enrobé d'écorce. Et ce vent impalpable, si doux, rebelle en diable qui affouille chaque calice, trifouille les pistils, les engrosse, et s'en va, l'air de rien, vers de nouvelles conquêtes.

Jean est le vent. Ses doigts effleurent la fine usnée tissant sa toile sur l'écorce d'un chêne, son regard plonge dans la minuscule goutte d'eau humblement blottie sur une feuille d'alchémille. Que de temps passé à observer la délicate perle recroquevillée sur son fragile écrin ! Par quelle magie la plante parvient-elle à captiver l'eau qui s'incruste au limbe alors que la nature l'invite à dégringoler la pente ? Leur liaison précaire, cette harmonie de douceur et de fragilité lui instillent l'idée de l'amour. Cette inconstance que l'on recherche avec constance. Une brise légère et pff…, la larme de rosée expire dans la poussière. Chancelante extase qui pend au bout du cil d'un œil amoureux.

## Zéphyr

Ses mains
Titillent
Les corps trop sages,
Les seins
Frétillent
Sous les corsages.

Les pleurs
L'ennuient,
Il les essuie.
Les fleurs
L'adorent,
Il les honore.

La foi
Soulève
Jupe et sépale,
L'effroi
S'enlève,
Les corps s'empalent.

- Je peux ?
Susurrent
Vent, dard ou verge.
- Je veux !
Murmure
La fleur vierge.

La chair
Défaite
Prise ce bandit.
Son air
De fête
Brise l'interdit.

Jean en pleurerait de joie si le pollen ne s'en était pas occupé. Les pins couvrent ses chaussures d'une jolie poudre jaune pendant que les bouleaux chatouillent ses narines et que les saules embuent son regard. Larmoiements et éternuements chassent toute chance de tomber nez à nez avec un cerf. Faute de grives, on mange des merles. Bien d'autres animaux viennent à sa rencontre. La fourmi grimpe dans ses chaussettes, le moustique lui zézaie à l'oreille qu'il l'a dans la peau, l'arpenteuse lui tortille le cheveu et la tique le suçote tant et si bien qu'il est obligé de s'épouiller chaque soir pour se débarrasser de cet acarien sanguinaire. Le premier jour, il en dénombre vingt-deux mais, au bout de quelques semaines, elles deviennent rares. Il inspecte régulièrement le bas de son pantalon, les sent se promener sur le bras et les expulse d'une chiquenaude bien placée. Mais il y a toujours une enfoirée qui se faufile sous les vêtements. Elle plante alors son rostre dans la partie charnue qui lui convient le mieux. La couarde frappe dans le dos, la morfale attaque le gras du bide, la dévote adore le pli du genou, la trouillarde se planque sous les aisselles et la vicelarde se love dans la moiteur des testicules. Il faut la détecter au plus vite sinon l'entrecuisse est cuisante, surtout quand la tête reste dans la ridelle de la peau. Toutefois, une malheureuse roubignole, frauduleusement lichée, n'écornifle pas la virilité d'un homme des bois, dur au mal, sûr de sa force. Sa rusticité ignore la gêne passagère d'autant que les médecins de Lyme n'ont pas encore découvert que la tique est l'agent transmetteur de la borréliose.

Jean ne ramène pas que des petites bêtes à la maison, ses poches sont bourrées de plantules diverses. C'est rarement pour trouver leur nom de famille, il s'en contrefiche royalement. L'heure est à la découverte charnelle de la forêt. La disposition en spirale des écailles des cônes de pin le fascine bien plus que ne l'intéresse la différence entre la pomme du « sylvestre » et celle du « laricio ». L'odeur résineuse du sapin lui plaît beaucoup, son goût aussi. Lorsqu'il en suce les pousses claires de l'année, il regrette que Noël soit fêté en décembre plutôt qu'en mai. Avec une telle parure, l'arbre n'a pas besoin d'être orné artificiellement et ses nouveaux rameaux sentent si bon que les enfants s'en empiffreraient. Quand sa bouche ne mâchonne pas un brin d'aspérule, ses lèvres arborent une fleur de pissenlit ou de pâquerette, ses dents croquent rosés des prés ou fleurs de trèfle, sa soif s'étanche à l'eau d'une source, sa langue lèche la coulure d'un bouleau.... Soupes à l'ail des ours, à l'ortie, aux carottes sauvages, salades de plantain et de bardane, pâtés de champignons composent ses repas du soir arrosés d'un sirop de sureau et de tisanes de tilleul, mélisse, lierre terrestre qu'une liqueur d'aspérule, de bourgeons de sapin ou de fraises des bois accompagne avec délectation au grand dam de son père qui ne comprend pas pourquoi son sauvageon de fils retourne à l'âge de pierre alors que des générations d'ancêtres ont patiemment sélectionné les plantes pour créer de beaux épis de blé et des fleurs d'artichaut bien dodues. En fait, contrairement aux apparences, c'est la forêt qui avale Jean. Ses ramilles léchouillent sa peau, ses racines s'incrustent dans son ventre, sa sève irrigue ses veines. L'homo sapiens s'ensauvage. L'aube l'enjôle, la nuit l'envoûte.

Sous la première lune, ronde et rousse, hiboux et chouettes hululent uniformément. Dès qu'elle s'encorne dans sa descente, le chuintement de l'effraie se différencie des autres noctambules. Lorsqu'elle bouffit dans la montée, la plainte du moyen-duc ne se fond plus dans le « ou-ou » clair de la hulotte. Jean est aux anges quand le rossignol assemble en ses trilles tous les chants mélodieux entendus dans la journée. Grives, merles, mésanges, fauvettes volettent dans sa tête pleine d'étoiles. Le noir lui permet d'entrevoir l'importance du son. Que ne possède-t-il les coussinets poilus de la martre ! Il approcherait de près le pré où paît la biche. Car, si le bruissement furtif des fourrés dénonce le blaireau en quête de nourriture, son pas lourd d'homme botté heurte le tympan des animaux qui fuient sa venue bien avant de la renifler.

Peu à peu, ses oreilles, dressées comme celles du loup aux aguets, apprennent à voir ce qu'elles entendent. Le remue-ménage d'un groin en recherche de vermine est vite repéré, différencier la langue d'une biche arrachant une touffe de fétuque de celle du chevreuil broutant une feuille de framboisier prendra du temps. Mais chaque bruit sera peu à peu digéré, d'autant que la nuit est moins enfiévrée que le jour. Il n'y a pas que la température qui baisse. Plus une draine ne flûte, pas une alouette ne turlutte, la buse ne piaule plus dans les airs, aucun criquet ne stridule dans les herbes. Parfois nulle griffe ne raie le silence. Seul sautille le ruisseau au fond du vallon creusé par ses ancêtres. Son gazouillis lave le cerveau de Jean, chasse la logique cartésienne au profit d'une méditation où macère le mystère de la forêt. Il lui révèle que le silence, profond, massif de la canopée ne ouate pas l'espace d'un vide absolu mais est rempli d'innombrables bruits que l'oreille humaine ne perçoit plus. Le chien qui lève la tête alors que son maître n'entend rien, le froufrou d'un sphinx, encore inaudible hier, lui dévoilent que le silence est une imposture des hommes qui ont perdu la finesse de leurs sens au profit d'un cerveau gigantesque. Les trilles matinaux des oiseaux lui ont enseigné que ces bruits sont des jargons dont il ne possède pas le vocabulaire. Chaque espèce a sa langue qui contient de multiples dialectes. Grives et merles n'utilisent pas les mêmes vocalises et le chant flûté d'une musicienne diffère de celui d'une litorne. La danse des abeilles lui révélera l'importance du langage gestuel, le parfum des fleurs lui instillera l'idée que les plantes communiquent de manière souterraine ou aérienne, à l'insu de ses sens. Bien avant de connaître les caractéristiques botaniques des espèces végétales forestières, Jean comprend que chaque plantule est un être vivant qui communique avec son milieu. Déjà son oreille distingue les gémissements des vieux arbres malmenés par le vent des ébats de jeunes bouleaux dont des brindilles jouent à saute-mouton avec les rameaux d'un saule maintes fois émondé, toujours souple. Jean réalise que la connaissance de ce milieu passe par l'imprégnation avant tout raisonnement. Ses années universitaires s'estompent au profit de l'école buissonnière. Il ne lui suffit pas d'observer l'environnement, il faut qu'il soit absorbé par la brutalité de la nature pour saisir la force spirituelle de la vie. L'arbre est le passage obligé. Surtout ce sapin tout tordu, troué de partout, taillé en fanion par le vent, pourtant aussi solide que la roche dans laquelle ses racines se sont incrustées. Il est vieux mais semble éternel, plutôt intemporel. Une sauvage vigueur le délivre des contraintes matérielles, l'esprit qui l'habite éloigne la notion de temps. Les blocs de granite qu'il ombrage lui procurent cette miraculeuse énergie. Quelques cuvettes creusées dans la pierre indiquent que les premiers hommes avaient saisi la magie du lieu. Jean vient régulièrement s'allonger sur le douillet tapis d'aiguilles qui recouvre le rocher. Il sent qu'il lui faut penser en arbre pour que le minéral lui livre sa puissance. Il se faufile sous l'ombre sacrée du sapin. Étendu de tout son long, il épouse la pierre. La roche volcanique, chargée du feu des entrailles de la terre, pénètre langoureusement ses chairs, viole sauvagement son âme dans un coït bizarre où lascivité et violence s'entremêlent. Autant le corps-à-corps est doux, tendre, paisible, autant la vigueur tellurique bouleverse l'esprit, balaie culture et raisonnement. Elle perfore le savoir profane, déflore sa conscience, y sème la connaissance sacrée de l'existence. Comme la sève brute de l'arbre monte vers les feuilles, chargée des forces obscures de la terre avant de redescendre en sève élaborée, gorgée des lumières du soleil, la vie est une collusion des quatre éléments dont la durabilité dépend de l'harmonie de l'assemblage. En s'unissant, l'eau, l'air, la terre et le feu neutralisent leurs forces titanesques ; sourd de cet étranglement un fragile frisson, source de vie. Chaque être porte en lui cette instable cohésion. Qu'un substrat faiblisse ou qu'un autre prenne l'avantage, l'assortiment meurt. De l'infime bactérie à l'entière planète, la vie dépend de cet équilibre qu'il est primordial de préserver. Les trois règnes, animal, végétal, minéral que l'homme a sériés pour mieux appréhender son environnement, sont intrinsèquement unis dans cette alchimie de forces. Or, au cours de son évolution, l'homme s'est graduellement éloigné de la nature au point de ne plus reconnaître les obscures puissances qui l'animent et d'inventer de nouvelles idoles, étrangères à son milieu. Puis un dieu unique, insubstantiel, imaginé par les peuples du désert, s'est imposé. En s'extirpant de la matière, le monothéisme a contribué à persuader l'homme d'être en-dehors de son environnement, voire au-dessus. Le transfert de spiritualité vers des lieux extérieurs a également enlevé le caractère sacré de la terre, offerte alors à la convoitise et au pillage. Fou d'un dieu qui lui promet une vie paradisiaque après sa mort, l'être le plus doué de raison creuse sa propre tombe en activant le feu du soleil, violentant le sol, raréfiant l'eau, polluant l'air. Nul remords ne touche l'ingrat, prêt à tuer le frère qui n'a pas foi en son dogme.

Perché sur son rocher, Jean communie avec la nature en se délestant de ses bagages intellectuels. S'animaliser, se végétaliser puis se minéraliser est le passage obligé pour ressentir le sacré du souffle vital. C'est en trouvant l'humilité du ver de terre qui transforme fétus de paille et brins d'herbe en glaise qu'il parvient à saisir le mystère de la vie. Chaque matin, il s'ensauvage davantage. Son cerveau ne raisonne plus quand il plonge dans cette marée verte à laquelle il ne connaît goutte. Les sens en alerte, l'imagination au zénith, son corps achoppe l'esprit, ses pieds s'enfoncent dans l'humus âcre du sol, sa tête s'envole dans le cœur des étoiles. A travers ce long rite initiatique, la forêt l'imprègne, reprend possession de l'homme descendu de son arbre depuis des millénaires.

Vient le jour où Jean se sent chez lui. Les biches lèvent à peine la tête sur son passage, le geai étouffe ses cris rauques, les ronces ne l'écorchent plus, les pierres épousent ses épaisses semelles. Juché entre roche et sapin, il pense alors que le meilleur moyen de protéger son nouveau monde est d'en connaître son fonctionnement. Il en est certain, l'écologie améliorera l'approche de la forêt... Le vieux sanglier pouffe à l'idée que l'homme va changer son fusil d'épaule, le chêne se contente de renifler la puanteur d'une tronçonneuse découpant les chairs de ses frères bien plus vite que dix cognées finement affûtées, aucune abeille ne butine ses pensées, le miel serait frelaté. Mais, en ce milieu des années soixante-dix, berceau du rêve d'un monde meilleur, Jean croit que le garde-forestier va rendre la sylviculture plus respectueuse de l'équilibre forestier. Il en est persuadé. Hardi ! bonhomme, ton insondable stupidité est comparable à l'incommensurable cupidité de l'homo economicus.

Maintenant qu'il s'est fixé un but, Jean se met en marche. Chaque jour, il glane quelques plantes que son livre de botanique baptise la nuit sous le glouglou du robinet qui fuit et la langue de feu de la lampe à pétrole. Il chemine par monts et par vaux, du matin au soir, que le temps soit beau ou vilain, au milieu des mille hectares de bois qu'il doit gérer. Sous les nuages, la buse regarde, amusée, cette petite fourmi fouiner sous les bosquets. Le rapace, fier de ses larges ailes qui le font planer sous le soleil, ignore que les deux minuscules gambettes de l'homme lui permettent d'être dans la lune. La marche est l'arme préférée de la chair pour combattre l'esprit raisonnable. Le corps ne peut affronter directement le cerveau, son despote, alors il le drogue et gambade à son gré. Combien de matins Jean est-il sorti de la maison avec l'idée d'aller dans un endroit précis pour se retrouver en début d'après-midi dans un autre lieu, oublieux de la tâche à accomplir ? La douce cadence de l'allure endort la partie rationnelle de la cervelle ; l'imagination jaillit de partout, ricoche sur la roche moussue et batifole au gré du vent. Le marcheur promène ses rêves, chaque pas les porte ailleurs sans laisser de traces. A peine s'arrête-t-il que le cerveau reprend ses droits mais ne peut combler le trou noir du voyage. Certains ont peur de cette hypnose, aussi s'en vont-ils toujours en groupe, l'esprit éveillé par d'incessants babils. Jean aime au contraire ce moment où la jambe légère met l'imagination au pouvoir. Il découvre qu'être *bête comme ses pieds* ne signifie pas qu'on est sot mais qu'on est déconnecté des neurones raisonneurs. Le simple fait de mettre un pied devant l'autre, mécaniquement, inlassablement incite le nez, la bouche, l'oreille, l'œil, la peau à communiquer avec la nature sans passer par le cerveau. Cette relation directe, sensuelle met l'esprit en extase. Le promeneur est dans un état second où corps et âme vagabondent à l'unisson. Si des nerfs en pelote l'empêchent de communier avec la forêt, Jean trottine à l'ombre des sapins. Longtemps. Vient le moment magique où ses jarrets dévident le fil de ses pensées, dénouent les

tendons, libèrent les songes. Tout devient rond,
doux, calme.

### *Vagabondages.*

*Deux jambes*
*Ingambes*
*Divaguent.*
*Leur doux roulis*
*Chante l'oubli.*
*S'y pâme*
*Une âme*
*En vague.*

*De ci,*
*De là,*
*Crisse*
*La chaussure.*
*La déshérence*
*Gagne l'errance.*
*Couci,*
*Couça,*
*Glisse*
*La censure.*

*Le pas s'allonge,*
*Le songe ronge*
*Sa prison.*
*Sans raison*
*Qui l'obnubile,*

*L'esprit jubile,*
*La chair transpire*
*Son mal de vivre.*

*Le nez au vent,*
*Ames et corps*
*S'élèvent*
*Dans un décor*
*De rêve*
*Où très souvent*
*Le cœur s'arsouille*
*Et leur gazouille*
*Un air de fête*
*... A tue-tête.*


Ce matin, Jean accélère le pas afin d'être à l'heure au rendez-vous de martelage durant lequel il marque avec ses collègues les arbres que les bûcherons abattront.

Dès que le ciel ouvre un œil, cinq-six bonshommes grimpent la colline, arrivent au haut alors que le soleil peine à quitter l'horizon. Sac au dos et le marteau forestier à la main, ils écoutent les consignes du chef de triage, se placent sur la pente, à dix mètres de distance, et sillonnent la parcelle forestière en zigzags plus ou moins larges selon les courbes de niveau. Le pas lourd et lent des montagnards permet de marcher jusqu'au soir sans épuisement. Jean, le novice, est placé entre deux vieux forestiers. Ils le guident dans ses choix, il leur épargne la raideur des coins pentus.

*- Marque ce fayard ! Non, pas le tordu, il protège les petits hêtres à ses pieds. Prends plutôt*

*le gros, il a fait son temps, sa cime est clairsemée et il a un gros trou sous la fourche.*

Lorsqu'ils martèlent une parcelle de vieux pins, la main droite de Jean est en sang tant il faut taper pour fendre la rugueuse écorce, faire un flachis à un mètre trente du sol et au bas de la souche afin d'apposer le sceau du marteau.

Le métier rentre par la paume et pénètre tout son corps. De roches en roches ses mollets se galbent, de troncs en troncs son biceps se gonfle, de virées en virées son cerveau s'imprègne des règles sylvicoles. L'œil reconnaît de loin la silhouette d'un tilleul, la main différencie l'écorce du châtaignier de celle du chêne, le nez repère le douglas caché derrière les épicéas, l'oreille entend la musique de l'érable ondé, la bouche goûte l'alise avant que les neurones ne reconnaissent l'essence. Tout comme le citadin discerne ses voisins sans réfléchir, Jean a tôt fait de distinguer les arbres de manière instinctive. L'apprentissage sur le tas est d'une telle efficacité qu'au bout de quelques mois, quand la forêt s'est dénudée, il fait la nique à un Ingénieur du Génie Rural, des Eaux et Forêts.

*- Marquez-moi ce hêtre isolé au milieu de la clairière !*

*- Vous croyez ? Il peut faire des petits et ensemencer l'espace vide.*

*- Comment ? Vous ignorez que les faines sont trop lourdes pour se disséminer au-delà de la cime !*

*- Non, je trouve qu'il a beaucoup de charme.*

*- Ha, ha ! Poète, marquez-moi ce fayard !*

*- Comme vous voulez .... **Charme, 80 !***

Quand il marque un arbre, le marteleur annonce au pointeur l'essence et le diamètre du tronc à hauteur des épaules. Jean regarde d'un œil goguenard l'arrogant directeur de martelage examiner à quatre pattes feuilles mortes et samares couvrant le sol de la clairière. Qu'importe si, demain matin, il lui faudra remonter la pente en catimini et tracer une croix avec sa griffe forestière sur la marque du marteau afin d'invalider l'abattage.

Quelques stages à Nancy lui enseignent la manière dont l'Office National des Forêts entrevoit la forêt. Jean comprend très vite que la sylviculture n'est pas une science infuse mais une technique soumise aux besoins économiques du moment. Maintenant que le bois n'est plus d'usage pour chauffer les maisons, étayer les galeries de mine, la culture du taillis est abandonnée. La méthode consistait à couper les arbres tous les vingt ou trente ans selon la fertilité du sol, la vitesse de croissance de l'essence et sa capacité à rejeter de la souche. L'heure est au bois d'œuvre. Menuisiers, ébénistes, charpentiers sont en demande, les beaux fûts bien droits manquent, surtout les résineux. Alors on enrésine les forêts. On coupe à blanc de vieilles hêtraies, on dessouche de jeunes taillis de robiniers, on supprime de belles clairières au profit de l'épicéa. « L'épicéite » enrésine les maisons forestières les plus reculées, peu y réchappent. L'épidémie ravage des versants entiers avant que, vaincue par le bostryche, elle laisse place à la « douglasite » à laquelle succédera la « mélézite » entrecoupée d'éruptions de rougeole dues au chêne d'Amérique.

Jean prend conscience qu'il lui faudra mener un dur combat à l'intérieur de la bête pour que l'Établissement **P**ublic à caractère **I**ndustriel et **C**ommercial arrête les coupes à blanc destructrices du sol forestier et supprime l'enrésinement abusif, acidifiant l'humus. Le combat mené de l'intérieur par le syndicat des forestiers et de l'extérieur par des associations de défense de la nature durera, dure encore.

C'est que le forestier est long à la détente. A l'ombre des frondaisons, les nouvelles idées poussent lentement mais tenacement. Une fois qu'elles ont grandi, elles couvrent les jeunes pensées qui ont du mal à capter la lumière. Créé en 1964, l'Office National des Forêts mettra quelques décennies à essarter la gestion conservatrice des Eaux et Forêts pour implanter son régime d'entreprise commerciale. Une fois la mutation accomplie, il veillera à bien éclaircir la forêt de sorte qu'aucun esprit protecteur ne porte ombrage à sa vision industrielle. Le pillage systématique des bois se fera sous label écologique. Le soleil ne favorise-t-il pas la biodiversité de la flore sylvestre ?

Depuis quelques décennies, l'abattage des arbres ne dépend plus des phases lunaires. Le bûcheron ensemence encore son jardin en fonction de la lunaison mais met les troncs à terre sans regarder le ciel. Qu'importe que la lune monte ou descende, l'important est la présence de la sève. Les feuillus attendent le printemps avec impatience, les résineux le redoutent. Les chênes revêtent leur jolie robe verte pour fêter la paix avec les hommes car, sitôt que le sang coule dans leurs veines, une trêve est déclarée. Le champ de bataille se déplace vers le haut où les sapins tombent dru. Les bûcherons les abattent en sève afin de pouvoir les écorcer sans peine ou plutôt avec moins d'efforts qu'en hiver parce que manier l'écorçoir n'est pas une mince affaire. La première fois que Jean manipule l'outil composé d'une lame emmanchée à un bâton, de grosses gouttes de sueur se mêlent à la résine dégoulinant des troncs. La spatule aussi aiguisée qu'un rasoir glisse rapidement sous la peau blanche mais freine des quatre fers lorsqu'elle tombe sur un nœud noir, aussi petit soit-il. Ces à-coups meurtrissent douloureusement épaules et biceps. Quand l'écorce de la partie supérieure du fût est enlevée, deux trois tractions de tourne-bille retournent le tronc, quelques coups de hache l'ébarbent, et la lame zigzague à nouveau sous l'écorce. Au début des années soixante-dix, le bûcheron n'utilise la tronçonneuse que pour l'abattage. Les plus vieux qui travaillaient naguère à la cognée sont sidérés par la vitesse de la mise à mort mais pestent contre l'odeur d'essence qui encense bourreaux et victimes. Les plus jeunes les aident à démonter le carburateur, aiguiser la chaîne, régler le ralenti. Un jour, un blanc-bec se moque du soin méticuleux qu'un ancien porte au tranchant de sa hache alors qu'il peine à affûter les maillons de sa chaîne.

*- T'as plus besoin de ce vieil outil, il ne sert à rien maintenant que la tronçonneuse peut abattre dix arbres pendant que la cognée en abat péniblement un.*

*- Je te parie que tu n'en tronçonnes pas quatre pendant que ma hache tranche le mien.*

Des arbres similaires sont choisis et les deux antagonistes se mettent à leur travail de sape. Jean constate alors combien le progrès a dégradé le métier de bûcheron. Les grognements de la machine, son haleine puante, ses dents déchiqueteuses coupent l'homme de son environnement. Certes l'arbre est guillotiné aisément, proprement, promptement. Le jeunot gagne d'un poil mais, à voir la beauté du geste de l'ancien, son rapport à l'arbre au rythme de la cognée, la précision des coups scandant le silence des lieux, combien cette victoire est amère ! Quand la technique supplante l'art, le changement est redoutable. Les compagnons de route deviennent adversaires. Le temps jadis bercé par l'allure lente du montagnard s'enfuit à toutes jambes. On lui court après sans espoir de le rattraper. Un sac de jute jeté sur les épaules apprivoisait la pluie, la veste imperméable la proscrit hors du corps. L'air pur de la montagne respirée à pleins poumons se charge d'exhalaisons toxiques, l'arbre n'est plus un être unique, seul compte le nombre de tiges à abattre. Le bûcheron sème bruyamment la mort dans un milieu de vie, quiet jusqu'alors. Nombre d'arbres trépassaient aussi sous le fil de la cognée. L'atmosphère était autre. Le combat était à l'arme blanche, les adversaires s'affrontaient dans un silence respectueux, l'arbre n'était pas réduit à un fût commercial.

Jean-Pierre, nostalgique du temps passé et réfractaire aux bruits de moteur, abat encore à la hache les hêtres destinés à son chauffage. D'un pas lent, il tourne autour du tronc, l'examine sous tous les angles, enlève ce qui gêne autour de la souche, même les petits cailloux incrustés dans l'écorce. Il le tapote de la main. Lui demande-t-il la permission d'entrer ou mesure-t-il sa force en le saluant ? Probablement les deux. Puis il retrousse les manches de sa chemise, crache dans la paume de ses mains, prend le manche de la cognée. Vlan, vlan, toc toc. Tambourinages de pics et sons sourds du tranchant s'enchevêtrent dans le feuillage des bois. Quelques incisions bien placées donnent la direction de chute. Avant d'attaquer l'autre côté, Jean-Pierre se met dos au tronc, vérifie que l'entaille d'abattage correspond précisément à la direction choisie, reste quelques instants collé à l'arbre, s'éponge avec un grand mouchoir à carreaux, en communion avec sa victime. Sorte d'épousailles avant les funérailles. Puis le corps-à-corps reprend, de coups en coups réguliers et graves, religieusement sonores tel un battant de glas. Soudain l'arbre tressaille, la hache ne frappe plus. La forêt écoute la venue de la mort. L'arbre gémit, râle faiblement, s'affale lourdement. Un dernier souffle, puissant, emporte son âme au diable, les frondaisons se décoiffent pieusement à son passage, un cri déchirant lui dit adieu.

Le fer est plus fort que le bois. Toutefois le combat n'est pas toujours perdu d'avance. Quelquefois l'arbre se venge. Un recul de la grume abattue frappe mortellement le bûcheron, une branche morte lui fracasse l'épaule ; une autre, bien vivante et bandée par la chute se détend subitement, la jambe est estropiée. Les voisins s'en mêlent. De fines ramilles d'arbrisseaux fouettent le blanc de l'œil, des frelons nichant dans la fourche piquent le gras du bras, un aulne très proche, ébranlé par la mort de son compagnon, lui tombe sur le râble. Deux, trois jours après la mise à mort, un écureuil sautille sur la bille ébranchée, la voilà qui dévale la pente et fauche son bourreau qui se trouve sur la trajectoire. La vengeance est un plat qui se mange froid.

Il y a alors très peu de routes forestières. Dans les fortes pentes où l'accès est dangereux pour des chevaux expérimentés, les grumes sont descendues sur la route du bas de la parcelle, au fond du val, par la technique du lançage. A l'aide du sapie, le bûcheron manipule la pièce de bois jusqu'à ce qu'elle glisse et file vers le bas, de plus en plus vite, dans une trajectoire incontrôlable. Un bref sifflement signale aux autres bûcherons que le tronc commence sa descente aux enfers. Tout le monde se planque. C'est la valse des grumes. Les intrépides dégringolent de cabrioles en cabrioles jusqu'au chemin qu'elles traversent d'un bond pour plonger dans le ruisseau de la combe. Les rétives s'accrochent à la moindre taupinière, se mettent de travers, s'encastrent dans un arbre ; les vertueuses préfèrent s'éclater sur un rocher que de servir de sièges aux fesses de leurs assassins ; la revancharde se veut leur cercueil, elle en percute un, au hasard. Tant pis pour lui, il paie pour les autres. Vu le danger, les pertes considérables et les dégâts occasionnés, cette méthode de débardage est abandonnée sitôt qu'arrivent les nouveaux tracteurs articulés capables de gravir la raideur des versants dans un nuage de fumée et un boucan du diable. Les cliquetis de l'engin étouffent gazouillis et clapotis, des taches d'huile barbouillent le sol, quatre énormes pneus l'écrasent. Jean a beau leur dire que le progrès est inexorable, putois et coqs de bruyère regrettent les hennissements du cheval de trait, les meuglements des deux bœufs unis par le joug, les beuglements coléreux du charretier. La machine, alors cantonnée aux terres agricoles, envahit la forêt. Le timberjack chasse les bêtes de somme, la tronçonneuse saucissonne l'équipe de bûcherons, trente ans plus tard l'abatteuse la ratiboisera, gardant un seul homme emprisonné dans son ventre sur la vingtaine initiale. Elle ne fera qu'une bouchée des arbres à portée de ses griffes, dégobillera les branches, déféquera les troncs en petits billons qu'emporteront de lourds tracteurs, enfoncés jusqu'au ventre dans un hachis de terre et de vomissures. Un carnage !

Parfois le massacre a lieu sans l'aide de l'homme. Une nuit, une tempête balaie vieilles futaies et jeunes perchis sur une largeur de deux cents mètres et une longueur de plusieurs kilomètres. Ouranos et Gaïa se sont disputés durant deux bonnes heures et les principales victimes de cette scène de ménage sont ceux dont le rôle est de lier le ciel à la terre. Malheur aux entremetteurs dans une querelle de jalousie ! Troncs, racines et branches gisent pêle-mêle, imbriqués les uns dans les autres. Sous la terreur, hêtres, pins, chênes se sont étreints pour se donner du courage et affronter en chœur leur chute finale. Là où les racines ont résisté, le fût est déchiré et, quand le tronc a tenu le coup, la cime s'est étêtée. Bois dur, bois tendre, enracinement superficiel ou pivotant, feuillus, résineux, tout est à terre. L'épicéa exhibe une immense galette racinaire qui cache le sapin dont la maigre chandelle fichée au sol cherche ses oripeaux emportés dans les airs. Que la forêt soit mélangée ou pure, que le sol soit caillouteux ou limoneux, que l'aubier soit souple ou raide, la bourrasque était si tournoyante que tous les arbres sont retournés. En voyant que, tel le roseau, fourrés et gaulis ont plié aux vents et sont encore debout, Jean pense que c'est l'hubris qui les a tués. Quel fol orgueil les a poussés à vouloir décrocher la lune du haut de leur gigantisme ? Un peu d'humilité leur aurait épargné un tel cataclysme, il en est convaincu.

Une semaine plus tard, une gelée tardive glace la pluie. Le verglas s'accroche aux bourgeons des jeunes tiges qui se courbent sous le poids et ne s'en relèveront plus. Les gaules piquent du nez, bossues à jamais. Jean se dit qu'un peu d'humilité ne ferait pas de mal au roseau pensant.

A passer dessous, dessus les grumes enchevêtrées, son corps se frotte aux écorces rugueuses ou lisses selon qu'elles couvrent des essences de lumière ou d'ombre. Il n'avait pas encore remarqué que la peau des arbres était semblable à celle des hommes : chênes, pins, trembles tannés et ridés comme la figure de son paysan de père, toujours en plein air ; hêtres, charmes, sapins, lisses visages de sa mère et de sa grand-mère qu'un chapeau à voilette protégeait des rayons du soleil. Au bout de quelque temps, les fayards fripent sous les coups de soleil, leur derme part en lambeaux mais ils n'en souffrent plus. Les plaintes se sont envolées dans le dernier râle.

Bûcherons et débardeurs de la vallée sont mobilisés pour nettoyer la balafre de la forêt. En un mois, le bois d'œuvre est dégagé, mesuré, coté et empilé par essence et par qualité sur des polders disposés le long des chemins carrossables. Les grumes sont vidangées et vendues aux scieries locales avant que leur valeur ne se détériore. Restent sur le terrain branchages et fûts cassés. Jean délimite une centaine de lots, estime leur contenu qui est attribué aux villageois lors d'une vente aux enchères communale. La plupart des acquéreurs œuvrent le samedi. C'est la journée chérie de Jean. Normalement, il est de repos mais il ne peut s'empêcher de rendre visite aux gens qui façonnent leur bois de chauffe. Par beau temps, ils viennent en famille. Les hommes tronçonnent, fendent les rondins, femmes et enfants transportent les bûches sur la remorque, brûlent les branchages. A midi, tout le monde se retrouve autour du brasier. La flambée fascine. Les petits se barbouillent le visage avec un bout de charbon. Une fille-fée étoile le ciel en faisant tournicoter une ramille enflammée. Sous les réprimandes des adultes, sa baguette magique disparaît dans les braises, emportant avec elle les rhumatismes des vieux médusés par la carmagnole endiablée des brindilles, la polka des brandons et le lascif tango des tisons. Encore un ou deux verres de sylvaner et les fourmis leur picoteront les jambes, déjà leurs yeux se mettent à danser dans un léger tangage. Le soir, le tracteur les ramène à la maison. Ils rient et chantent, contents de leur journée, ivres d'air frais, rotant picrate.

### *Feu de bois.*

*L'allumette scintille.*
*L'étincelle sautille*
*Sur la grêle brindille,*
*La lèche, la mordille.*


*S'enflamment la branchette*
*Et la fine bûchette.*
*La ramille rouspète*
*Piaille, pleure, pète.*

Le feu n'a pas d'oreille.
D'une faim sans pareille,
Il brûle de consumer
Celle qu'il a allumée.

Quand la flamme l'assaille,
Le gros rondin tressaille
Mais la fumée le drogue,
Etouffe son ton rogue.

Il jaunit, bleuit, rougit
Dans une folle orgie
Où la flambée gambille
Sous mille escarbilles

Enfin vient l'agonie.
Il choit bien racorni
Dans la touffeur des braises.
La fournaise s'apaise.

Un feu follet frissonne
Sur le bois qui charbonne.
De noir le rouge se teint
Et le brasier s'éteint.

La cendre qu'épand le vent
Au fond des pessières
Prédit à chaque vivant
Qu'il sera poussière.

Toutefois quelques tisons
Révèlent au gai pinson
Qu'un passage fugace
Laisse toujours des traces.

Autant le feu déteste l'eau, autant il aime les arbres. Brindilles et ramilles servent d'amuse-gueules avant qu'il ne déclare sa flamme aux souches et aux troncs. Cette passion dévorante n'est nullement partagée, le bois préfère l'eau, boit sa pluie, nage dans ses rivières, navigue sur ses mers ou l'appelle en renfort en cas d'incendies souvent provoqués par des mains criminelles, souvent éteints par des canadairs à défaut de nuages. Car, tel Zeus mâtant les Titans avec la foudre, l'homme s'est imposé à la nature alors peuplée de géants tant végétaux qu'animaux en maîtrisant le feu. Les bûches enflammées l'ont d'abord réchauffé, nourri, sécurisé puis l'ont aidé à repousser la forêt aux confins des champs cultivés. Les gens d'aujourd'hui, urbains ou ruraux, n'utilisent plus guère le bois pour leurs besoins quotidiens, d'autres moyens existent, mais beaucoup possèdent une cheminée où ils regagnent leur forêt originelle par la féerie des flammes.

Au contraire de la marche où la carcasse s'active pour que l'âme divague, la flambée nous rend amorphes. Sa danse envoûte nos sens, enfume nos pensées, enflamme notre imagination. Le cœur se réchauffe, la peau caressée par la douceur des flammes ouvre ses pores d'où suinte notre animalité, le cerveau reptilien brûle de rejoindre le temps des origines. Avachi devant le feu, le corps semble éteint alors qu'à l'intérieur se consume une agréable sensation de bien-être. Il y a une sorte de communion entre ces flammes insaisissables, vives, dévorantes et l'opaque quintessence de notre être. Le feu purificateur craquelle le vernis social, s'infiltre dans notre subconscient, amas de braises sous la cendre, incandescence enfouie au plus profond des tripes. Quelque chose de sauvage, inapprivoisable fait feu de tout bois parce que des forces antagonistes s'y livrent un combat perpétuel. La douceur de la chaleur s'exhale de la douleur de la calcination, les flammèches allument de nouvelles étoiles alors que les braises s'enfoncent sereinement dans la terre, le feu rougeoyant noircit le bois carbonisé. Le brasier danse sous nos yeux, scintille au fond de nous, violents et tendres, vifs et calmes, rutilants prédateurs d'un monde réduit en cendres, tout feu tout flamme aujourd'hui puis un jour seulement feus, éteints à jamais.

Lors d'une journée de martelage, Jean apprécie le moment du repas en plein air. Debout, fesses contre le feu, les forestiers devisent en sirotant un verre de rouge bouillant. Le breuvage réchauffe l'intérieur et le brasier l'extérieur. Sitôt que les reins sont chauds et secs, ils s'assoient sur des rondins face à la flamme, dos au vent pour les plus vifs, la fumée dans le nez pour les traînards. Souvent le vent tourne et les yeux des veinards picotent à leur tour. Le brasier a été allumé le matin, les gros rondins sont en braise. Chacun réchauffe sa gamelle en discutant de la pluie et du beau temps, puis les bouches se gavent de nourriture et le silence règne. Repus, recrus, les corps se reposent sous les crépitements de la bûche qu'un convive a jetée sur le feu. Personne ne dort, tous regardent les flammes, l'esprit ailleurs, à la recherche de la bête qui vit en eux. Elle surgit du fond des entrailles, féline avec ses griffes acérées sous de doux coussinets, oursonne avec cette force indomptable sous sa moelleuse pelisse, porcine, bovine... toute la bestialité du monde condensée en un brutal instinct de vie. Il y en a toujours un qui ne veut pas la voir et jette un morceau de plastique, une peau de banane ou un reste du repas sur le feu. L'odeur infecte chasse la bête, le corps sort de son engourdissement, l'harmonieux clair-obscur où l'éclat des flammes perce la brumaille du for intérieur s'estompe dans un brouhaha d'indignations.

Les hommes des bois se lèvent, saisissent leur marteau-hache et s'en vont désigner les arbres à abattre. Ils traînent un peu les pieds car ils ont le sentiment de se comporter en superprédateurs et non en cueilleurs-butineurs. Un chêne bicentenaire est en pleine force de l'âge et non un gâteux que les manuels de sylviculture insèrent dans de vieilles futaies à régénérer. Ils font partie de ceux qui ne l'ignorent pas, ils savent aussi qu'être de bois est une expression humaine complètement erronée et redoutent la vengeance des arbres qui, quoique jeunes et insouciants, se souviennent de leurs frères massacrés sous leurs yeux. Ils sont sur leurs gardes, la juvénilité n'est guère gage de sagesse. Le feu les rassure, le bois le craint. Voilà pourquoi un brasier est toujours allumé, même par beau temps.

Les villageois qui façonnent les fonds de coupe ont perdu cette connaissance du monde sylvestre, la peur est renforcée. La flamme leur permet d'écarter les forces obscures de la forêt tout en dévoilant leur propre vitalité. Parfois quelques verres de vin les entraînent dans d'incompréhensibles logorrhées dont la grivoiserie se dessine dans l'obscénité des gestes. Émergent de ces étranges bacchanales les forces primales, sexuelles, bestiales que la civilisation prend soin de mettre sous le boisseau. Surgit dans la clairière la violence bannie par la société, jetée au fond des prisons, tapie dans l'ombre des tours des ghettos, codifiée dans des règles sportives. Elle rôde dans ces lieux hors lois, l'âme la sent, le corps l'affronte en se battant avec les troncs, à grands coups de hache.

Cette robuste énergie qu'il avait instinctivement ressentie à son arrivée, Jean la visualise dans un escarpement rocheux où il a été décidé de ne pas exploiter les arbres abattus par le vent. Trop dangereux, pas rentables. Moins tapageuse que la puissance destructrice des éléments déchaînés, mais tout autant ravageuse, la force vitale surgit des entrailles de la terre, redresse poil après poil ce que son ennemi a renversé en un battement de cils. Sa tenace vivacité referme la fulgurante balafre de la tempête. Peu à peu, le cimetière d'arbres devient le berceau d'un terreau grouillant de vie. Un grand linceul verdâtre recouvre les macchabées. Ronciers, framboisiers, fougères, genets jaillissent de nulle part, cachant sous leurs jupons une multitude de graines en germe. Le sol mis en lumière éclate en tous lieux, le gland le gerce, la minuscule graine de bouleau bouscule un caillou, les cotylédons d'un hêtre percent une grosse motte, la tigelle d'un pin s'échappe de la mousse. La terre se bourre de nouvelles racines qui la fouissent, l'étreignent, la tètent alors que les arbres morts bruissent d'une foule de bêtes qui s'en repaissent. Tilleuls et châtaigniers jouent aux morts-vivants avec leurs multiples tiges qui crèvent l'écorce des troncs et pointent leur nez au ciel. En regardant la mort enfanter la vie, en voyant les cadavres se putréfier pour nourrir les nouveau-nés, Jean comprend que le combat de ces forces opposées assure leurs existences respectives. La défaite de la vie entraînerait son fatal adversaire dans le néant et sa victoire la condamnerait indubitablement à mort puisqu'elle provoquerait l'arrêt des naissances et la suspension de l'évolution qui sont ses fondements existentiels. Tous deux disparaîtraient. Jean se demande alors si ces deux puissances antagonistes n'ont pas qu'une seule et même origine, comme lui-même est unique avec cette constante bagarre des yin contre les yangs aux tréfonds de son être. Souvent les apparences sont trompeuses. Un chercheur a récemment démontré que les incendies de forêt espacés dans le temps ne sont pas néfastes à l'écosystème qu'ils régénèrent et dynamisent. Épidémies, famines, canicules, cataclysmes seraient alors des moyens que se donne la terre pour réguler l'impact de certaines espèces, particulièrement les hommes, et garantir sa survie. Ne lui suffirait-il pas de se fier en l'excellente intelligence de ces va-t-en-guerre capables d'inventer des armes plus destructrices qu'une éruption volcanique ?

Au printemps suivant, la cicatrice s'est végétalisée. Un foisonnement de plantes ombrage la ravine abandonnée à son sort, une morne monoculture d'épicéas tapisse la partie aseptisée par l'homme. Constatant que les leçons de l'école buissonnière sont bien plus performantes que les cours théoriques, Jean n'accepte alors aucune règle de sylviculture sans l'avoir confrontée aux réalités du terrain. Désormais, le libre-penseur favorisera autant que faire se peut la régénération naturelle et ne recourra à la plantation que pour suppléer la nature estropiée par la dent des animaux et la main humaine.

# Été

*Jours*
*Sans pluies,*
*Nuits*
*D'amours,*
*Les*
*Orges*
*Blondissent,*
*Les*
*Gorges*
*Brunissent.*

*Dès*
*L'aurore,*
*Des*
*Corps*
*Beaux*
*Se dorent*
*Au*
*Bord*
*De l'onde,*
*Leurs yeux*
*Plissent,*
*L'aronde*
*Trisse*
*Au*
*Haut*
*Des cieux.*

*Trop dense,*
*L'air danse,*
*Fane*
*Les*
*Herbages,*
*Tanne*
*Les*
*Visages.*

*Toujours*
*A l'ombre,*
*Le petit vieux*
*Se claquemure*
*Dans l'ennui,*
*Il y murmure*
*Un lent adieu*
*Aux jours*
*Qui sombrent*
*Dans la nuit.*
*Les mûres*
*Sont mûres.*
*L'été*
*S'en va,*
*Il a*
*Eté.*

L'or du soleil éclipse les flamboyantes couleurs vernales, le rouge écarlate cramoisit, le blanc se grise, le vert se brise, son bleu primaire se juche au-dessus des nuages, son jaune jonche le sol, grimpe le long des tiges, avale fougères et herbes folles. La vigueur titanesque des arbres bloque son escalade, il insiste. Jour après jour, bouleaux et hêtres blondissent sur l'adret, s'ocrent les branches des pins cramponnés à la roche nue. L'appât de l'or attire tanaisies, lysimaques, lamiers, laiterons, lotiers, …, maintes fleurs parsèment le parterre de paillettes dorées. Certaines sont discrètes, l'onagre ne défripe sa robe que tard le soir. D'un coup de baguette magique, la souillonne du jour se change en belle de nuit ; à tire-d'aile, les bambocheurs nocturnes papillonnent vers elle. D'autres le sont moins, le séneçon fait le fier-à-bras dans la forêt clairsemée, la verge d'or ensemence des pelouses entières. Les rebelles au jaune prennent le maquis. Le bleu céruléen de la chicorée, le rouge pourpre de la digitale ou le blanc immaculé de l'angélique se postent dans les clairières et aux bords des chemins. La grande consoude et la douce-amère se camouflent dans les marécages ; le rose de l'œillet, l'orange de l'épervière et la mauve mollassonne truffent la pierraille.

Partout, le pastel sec remplace la gouache criarde du printemps. Les érables arborent de grosses taches de rousseur, les châtaigniers se décolorent, des chênes centenaires voient leurs cheveux délavés choir aux pieds d'une progéniture grisée d'oïdium. Mais, si le vert perd du terrain, il ne rend pas gorge, résiste, change de ton pour mieux supporter le feu nourri d'un adversaire trop bouillant. Au revoir vert pomme, bonjour vert bouteille ou vert-de-gris. Les hêtres s'assombrissent, les sapins s'embrunissent. Le sous-bois se ternit. De grandes toiles d'araignées chargées de poussières et feuilles flétries impriment l'idée qu'il est inhabité. Impression trompeuse. Dès qu'une pomme de pin ou un lucane troue une vieille dentelle, l'épeire la raccommode dans la tiédeur du soir. Les animaux sont là mais se terrent car la chaleur cuit tout mouvement.

La brise avertie diminue de moitié sa voilure. Le vent manque de souffle. Les courants d'air traînaillent sur le sommet de la montagne sans oser descendre au fond du vallon de peur de s'époumoner à remonter la pente.

Trop lourds.

Du coup, chacun garde son souffle sous la touffeur du jour. Aube et crépuscule sont les deux moments où le monde diurne badine et batifole. La biche paît entre chien et loup, la grive s'égosille, le renard l'égorge. Herbivores, insectivores, carnivores dévorent la fraîcheur du moment, puis, repus, s'éclipsent à l'abri de l'ombre. Certains ne paressent pas quand monte la chaleur. Le monde ouvrier, dur au labeur, travaille en silence. Sous sa lourde cuirasse, le bousier sue sang et eau. Bien avant que l'homme n'invente la roue, ce scarabée roule d'énormes boules de merde vers sa tanière afin qu'elles servent de cocons nourriciers à sa progéniture. S'ils ne jalousent pas la finesse de son odorat qui repère de très loin les excréments, les constructeurs de pyramides envient ses puissantes pattes poussant mille fois son poids. La mouche n'a pas sa force mais possède son flair, elle pond ses œufs sur la charogne dissimulée dans les herbages, que, quelques heures plus tard, les asticots dévoreront goulûment avant qu'elle ne devienne un foyer d'infection. Sans regarder le ciel, nécrophages et coprophages nettoient méthodiquement le sol de la forêt. Volant, grouillant, rampant, d'autres insectes s'activent sous la fournaise. Abeilles et fourmis vont et viennent, assidues, laborieuses. Leurs reines sont sans pitié. Les enfants aussi. Mésanges et bruants traquent arpenteuses et tordeuses dans les limbes des arbres pendant que le chardonneret décortique les graines du cirse ; quel que soit son mode alimentaire, la couvée pépie de faim. Quelques fruits rouges calment les estomacs affamés des carnassiers en mal de proies tapies dans d'invisibles creux. Renards, blaireaux, martres grappillent fraises des bois, framboises et myrtilles sous l'œil moqueur du merle ou le cri perçant du geai becquetant les baies des sorbiers. Son cri s'étouffe dans la langueur des branches, même le puissant tambourinage du pic noir s'évapore dans des bouffées de chaleur. Tout le monde meurt de soif, les cabarets abondent. Le creux d'une ornière, la souille d'un sanglier, la cuvette des feuilles de cardères abreuvent ceux qui n'ont pas léché la rosée matinale.

Un des rares à aimer la chaleur est le martin-pêcheur. Perché sur un roseau, il pointe son long bec vers le ruisseau. Le bleu métallique de son dos reluit sous le dur soleil, le roux tendre de son ventre se reflète sur l'eau douce. Il plonge souvent et ressort tout aussi vite avec un poisson qu'il ingurgite, tête la première. Lorsque l'alevin n'est pas dans le bon sens des écailles, il le fait tournoyer en l'air, le rattrape et l'avale prestement. Alerte et vif malgré la chaleur étouffante. Plus loin, un rat musqué se baigne. L'eau ondoie à peine sous les mouvements de sa longue queue. Quelques criquets stridulent, leur chant monocorde alourdit le silence, les hautes herbes du rivage se pâment, des calamagrostis s'adossent à la raideur des roseaux, un iris trempe sa tête dans l'onde, son jaune se noie, l'eau bleue l'emporte.

L'atmosphère est étouffante, loin de cette fraîcheur des nuits printanières où, au haut du rocher, sous son sapin fétiche, Jean se trouve en apesanteur. Le calme l'envahit, son cœur écoute la petite voix qui lui parle du fond de son être. Plus douce que le souffle d'une brise, elle conte la grâce de la vie ; aussi rassurante que le murmure d'une fontaine, elle débarbouille l'âme en peine. L'air inhalé est l'air du bonheur, une musique sans notes, inaudible à l'instar du moment où Beethoven arrête de jouer sa symphonie pastorale. L'instant où l'ange passe...

Moment inoubliable.

Les notes, les mots lient le corps à l'âme, nous relient aux autres, le silence délie. L'âme s'échappe du corps qui oublie son environnement, à condition qu'il soit serein. La chair amollie par une trop forte chaleur, malmenée par le blizzard, ne laisse pas l'esprit s'envoler loin d'elle.

Le soleil de juillet écrase la bête errante, brûle la pierre inerte, tarit le gargouillis de l'eau. Le silence est lourd, il n'a pas ce subtil envoûtement qui démaillote la pensée et met l'âme à nu. Le corps a besoin d'être frais et dispos pour que le charme opère. Écrabouillé par la touffeur ambiante, il laisse l'esprit vagabonder dans de douces rêveries, toutefois toujours à portée de vue, les pieds sur terre, sans les ailes de la légèreté.

Tout dore, tout dort ?

Que nenni !

Un fou aboie à tue-tête.

Sous la canicule de juillet, le chevreuil court le guilledou. Lui, si craintif et discret, le voici en plein midi bouillonnant d'ardeur. Il drague les chevrettes, chasse les brocards, frotte ses bois contre les arbrisseaux, fait des ronds de sorcière sitôt qu'une croupe en forme de cœur l'ensorcelle.

Son musc rejoint les odeurs fortes de la forêt. Bouillis par d'ardents rayons, bruyères et genets distillent une essence huileuse, presque aussi poisseuse qu'un sous-bois de houx. L'entêtante senteur des résines incite à se réfugier sous l'épaisse frondaison des hêtres. Plus c'est sombre, plus c'est frais. On y respire à pleins poumons. Las ! Le nez se pince devant la pestilence d'un satyre puant où volette une escadrille de moucherons qu'un gobe-mouche avale goulûment. Le chèvrefeuille par contre enivre bêtes et plantes, sans exception. Sa liane odorante entrelace avec passion les tiges d'un églantier rabougri afin que s'ensoleillent les fleurs dont le nectar affriole la longue trompe des papillons jusqu'au cœur de la nuit. Les abeilles sont également attirées par l'effluve de la corolle à l'entrée obstruée par un tube exigu. Sentir ce doux nectar et ne pouvoir le butiner, quelle torture ! Certains bourdons en sont fous au point de lacérer la robe blanche parée de rouge et jaune, violer l'étroit passage et baisoter sans vergogne la belle déflorée.

Mais l'odeur la plus recherchée, la plus jouissive est celle d'une pluie d'été caniculaire. Limon, flore, faune l'attendent. Tombe des nues la gouttelette rédemptrice, la terre aride s'alourdit, la plante languide se raffermit, la bête tabide ragaillardit. Bien avant qu'elle ne dégringole, son effluve chatouille douillettement stomates et naseaux. Son parfum doux, frais, légèrement boisé chasse l'amollissement, les sens sont en éveil. L'excitation est à son comble, chacun désire cette eau. La feuille s'y lave, l'animal s'y vautre, le sol la gobe. Les odeurs corporelles individuelles se noient dans l'haleine de la forêt. Elle respire alors la joie de vivre. A la fois légère brume montant au ciel et lourd relent d'humus rasant le sol, son souffle instille la douceur d'un équilibre harmonieux. L'air purifié pacifie les lieux, l'arbre s'ébroue, l'oiseau se lisse, la fleur se déploie, le calme règne. Saoule, la terre digère cette bonne rincée, l'eau gargouille dans son ventre, le ver y grouille, sa peau exhale l'odeur aigrelette du rot de bébé après la tétée.

## Pluie d'été.

Le vent l'a sentie
Et vante le doux
Du limon bletti
En molle gadoue.
Bêtes et plantes
Sont en attente.

L'averse arrive,
Epaisse et chaude,
Bat la broussaille,
Perle la grive
Qui baguenaude
Sous la mitraille.

L'ondée fustige
Le bas des tiges,
Fige l'insecte
Et se délecte
Du noir des souches.
L'arbre s'y douche.

La pluie tombe dru,
Fouaille les bois.
La terre la boit,
Se bourre de mou
Où grouillent des rus
Gorgés de remous.

Cesse l'averse,
L'oiseau se baigne,
La paix l'imprègne.
La laie s'épouille
Au creux des souilles,
Le vent la berce.

Le vert ravive
L'herbe chétive,
Saute le ruisseau,
Grimpe l'arbrisseau,
Mousse le frêne.
Nul ne le freine.

Mais l'eau frivole
Plonge, court, vole.
L'herbe s'assèche,
Le gris pourlèche
L'arbuste jauni,
La terre ternit.

Le saule pleureur
A beau s'y mirer,
Le merle siffleur
A beau l'admirer,
L'onde rebelle
Se fait la belle

**Sa mer l'attend....**

Quand le soleil mord trop fort, la nue se fâche. Elle arrive sombre et menaçante, des éclairs dans les yeux, des grondements dans la bouche. Le vent décampe devant elle, bouscule dans sa panique arbres et papillons. Les feuilles s'envolent, retombent au loin, fuyant le diable. Les premières gouttes s'abattent brusquement, chargées de poussières, boxent ceux qui imploraient leur avènement. Aveuglées de colère, vont-elles manquer de respect à celle pour qui elles sont venues ? La terre, mère nourricière, sera-t-elle meurtrie par la violence de leur frappe ? La vieille futaie tend les bras, les baliveaux font le dos rond, les plantules se couchent sur le sol. Les coups sont amortis, l'aïeule est protégée, quoique parfois blessée par d'énormes grêlons. Lorsque la fureur est grande, l'eau se glace, hachant menu feuilles et branches avant de fondre dans le doux du limon. L'humus se goinfre de cette eau qu'il redistribuera aux arbres qui la transpireront afin que les nuages puissent reprendre leur voyage après cet arrêt toujours hospitalier quelle que soit la brutalité de sa venue.

A des milliers de kilomètres, le soleil enseigne à la terre le sens de la mesure. Son absence est mortelle, sa présence est vitale à condition d'être modulée. Trop faible, elle étiole ; trop forte, elle atrophie. La feuille se durcit, l'aiguille s'aigrit. En retour, la terre lui apprend que l'interaction harmonieuse des quatre éléments est nécessaire à la vie. Quand l'air est en feu, l'eau rafraîchit la terre.

Jean n'aime pas beaucoup ces premières gouttes lestées de saletés qui se mêlent aux souillures collées à la peau par la transpiration. Il s'abrite sous un épicéa dont la cime conique fait office de parapluie, puis, dès que l'ondée abandonne sa musique atonale pour une symphonie plus apaisante, il se jette à l'eau. Habits et cheveux ont déjà absorbé l'humidité de l'air, la pluie mouille aussitôt son corps, ruisselle sur sa nuque, glisse sur sa carcasse jusqu'au fond des godasses. Jean s'imbibe de cette eau de jouvence qui inonde de bonheur la forêt tout entière. L'instant est à l'extase. La jouissance dégringole du ciel, caresse les feuilles, pénètre les arbres, se faufile dans les herbes, s'enfonce dans les terriers, même la craintive araignée goûte au plaisir de se rafraîchir. Tant pis pour sa toile ! Vrai moment festif en cette molle saison, l'averse ravit tout un chacun, jusqu'au caillou qui revit le bon vieux temps où il roulait allégrement dans le torrent tumultueux, bien avant que ne poussent les fougères, bien avant que les flots ne passent sous les ponts édifiés par les hommes. Le clapotis de la gouttelette sur les frondaisons, son gazouillis au long des troncs, son gargouillis dans la terre chantent la résurrection. L'air tonique de cet hymne vivifie ouïes et stomates pendant que s'abreuvent gosiers et radicelles.

La nue s'en va, chacun s'ébroue dans le calme d'une nature en paix. Une brise facétieuse houspille les ramilles, la mésange lisse ses rémiges, le chat sauvage lèche sa pelisse, quelques gouttes jouent aux billes sur la pente des roches. L'atmosphère épurée transmet à tout vent le moindre frottement sans que ces menus bruits n'alertent qui que ce soit, trop ivre pour être aux aguets.

La vie reprend.

Déjà la libellule survole son terrain de chasse, les pièges se tissent, la belette se jette sur le campagnol en train de ronger une racine gorgée d'eau. De ci, de là, la terre se trémousse, le bolet de Satan montre un bout de la queue du diable, l'armillaire emmielle les souches, l'amanite tue-mouches abrite Simplet et ses copains ; pas en reste, des russules rouges, vertes, brunes chamarrent le jardin de Blanche-Neige. La langueur s'est noyée, bêtes et plantes sont pleines de vigueur, à en mourir.

Jean adore ce moment paradisiaque. Tel un vieux bûcheron, il ne porte jamais de vêtements imperméables qui enferment le corps dans un cocon vite détrempé d'humeurs malsaines. Couvert d'un gros pull de laine en hiver ou d'une chemise en coton l'été, il parcourt la forêt, tête nue. Sa peau a besoin de respirer l'air des bois, se frotter à l'eau revigorante que le soleil ou un feu de bois transforment en onguent.

Une fois par semaine, il travaille en équipe avec ses quatre compères de terrain. La feuille trop drue interdit le martelage car l'œil pourtant exercé du forestier ne peut voir les tares qui se cachent sous le vert des ramées. C'est l'époque des comptages. Le commun des mortels s'imagine que le territoire forestier est un lieu sauvage, méconnu, voire impénétrable. C'est une terre de culture plus ou moins intensive où l'arbre est le capital sur pied dont les intérêts sont fixés par le taux de croissance. Le forestier doit donc mesurer le volume des arbres adultes pour connaître la possibilité de récolte annuelle. C'est pourquoi il répertorie tous les troncs de la vieille futaie en les classant par essence et diamètre en début de chaque période d'aménagement qui dure environ vingt ans. Chaque arbre catalogué est griffé vers l'aval afin de ne pas être oublié ou doublement compté. Cette petite cicatrice n'attire guère le regard du promeneur, elle est pourtant le stigmate de la domestication.

L'homme sage gère la forêt en bon père de famille, veillant à ne pas toucher au capital ; l'homme cupide la pille comme une catin, transforme le jardin d'éden en vulgaire champ d'épicéas. Les années quatre-vingts ne sont pas encore sous la pression du déficit financier de l'Office National des Forêts, les gros bois pieusement conservés par l'administration des Eaux et Forêts suffisent à remplir son portefeuille. Sans problème d'argent, l'établissement vit son âge d'or.

Sur le terrain, l'ambiance est bon enfant. Quelques querelles surgissent entre partisans d'une gestion productiviste et « écolos » pour qui la recherche de profits ne doit pas déséquilibrer l'harmonie forestière. Tous sont conscients que l'avenir de la forêt dépend de son intérêt. Les uns pensent que la recette du bois garantit sa survie, les autres estiment qu'un massif forestier, par son action sur le climat, l'eau, l'air, n'a pas de prix. Pour le moment, ils sont peu nombreux à le professer mais le sinistre « Waldsterben », mettant en évidence l'étroite relation qu'entretient la forêt avec son environnement, leur offre l'occasion d'exprimer le désir d'inverser la hiérarchie des valeurs et de soumettre la gestion économique aux lois écologiques.

Les rejets de polluants dans l'atmosphère acidifient les pluies dont le PH inférieur à 5,6 cause une forte défoliation des résineux, pouvant être mortelle. Jean observe que les vieux sapins n'ont plus qu'une ou deux années d'aiguilles sur le dos alors qu'ils devraient en avoir une dizaine. Il rejoint une poignée de camarades qui organisent, sous casquette syndicale, une grande campagne de sensibilisation, au grand dam de la hiérarchie qui ne parle guère si ce n'est pour contester l'incidence de l'acidité et imputer le dépérissement à une insuffisance hydrique. La conférence internationale sur l'arbre et la forêt SILVA de 1986, suivie du traité limitant les émissions d'oxydes azotés, rangera finalement les caciques du bon côté du vent. Cette longue croisade pour la défense de la forêt apporte au candide anachorète quelques révélations.

Jean découvre tout d'abord son ignorance. Bon forestier, il a certes beaucoup de pratique. Il connaît toutes les essences ligneuses de son triage, reconnaît la plupart des plantes herbacées, leurs besoins essentiels en lumière ou en eau, leur régime alimentaire, leurs capacités de résistance au chaud, au froid, au vent, leurs amis ou ennemis, leur sexualité, leurs comportements avec les voisins…, il est au fait des us et coutumes des espèces mais, plus sociologue que fin psychologue, il méconnaît l'arbre lui-même. Pourquoi avoir choisi le gigantisme, morphologie peu résistante aux rafales de vent ? Comment la sève monte-t-elle à cinquante mètres du sol ? Pourquoi des feuilles caduques à côté d'aiguilles persistantes ? Pourquoi la quasi-totalité des conifères ne se régénèrent-t-ils que sexuellement et ignorent la multiplication végétative ? En vertu de quoi, une souche de charme rejette-elle mieux que celle d'un hêtre ? Que se passe-t-il sous terre ? Chaque question posée à des scientifiques apporte de nouvelles interrogations. Les bribes de réponses donnent l'impression que les chercheurs sont les illettrés d'un monde analphabète. La vie des arbres est aussi obscure qu'un sous-bois de sapins sous la pluie.

L'humilité de la recherche contraste fortement avec les certitudes sylvicoles de l'ONF. L'établissement public s'intéresse en fait davantage au bois qu'à la forêt. Si un généticien pouvait inventer des fûts à croissance rapide, sans nodosités ni écorce, tels des poulets d'élevage déplumés, on y trouverait quelques fous prêts à saillir des collines entières de cette semence dégénérative. Déjà, de nombreuses voix clament, face aux abroutissements des animaux, qu'un bon cerf est un cerf mort ; d'autres, heureusement plus rares, prônent que planter un chêne tous les neuf mètres, à la manière d'une peupleraie, serait plus rentable que d'élever une régénération naturelle. De même que Clemenceau affirmait que la guerre était une chose trop grave pour la confier aux militaires, Jean pense alors que la forêt est trop importante pour la laisser entre les mains d'une caste de technocrates productivistes.

Autre enseignement que lui procure son engagement pour la préservation de la forêt est l'importance de la communication. L'ours mal léché, habitué à lâcher des borborygmes en se grattant les fesses, apprend l'art de séduire. Dès la première conférence, son sens de l'observation repère la différence d'impact entre la rhétorique d'un scientifique et le prêche d'un tribun. L'un se veut convaincant, l'autre persuasif. Aussi solides soient-ils, les arguments raisonnables pénètrent difficilement l'auditoire s'ils ne sont enrobés de charmants atours. Aussi loufoques soient-elles, les idées suggérées par un séduisant baratineur s'insinuent dans les chairs qui ouvrent grand leurs pores. La prestance du geste écarquille les yeux, le rire déploie les gorges, le verbe s'y engouffre tandis que marteau et enclume, ensorcelés par le chant de sirène, écrabouillent la voix de la raison. Jean, habitué à battre la campagne, l'esprit égaré, l'âme en paix, perçoit l'importance d'avoir toute sa tête dans ses rapports avec ses semblables. La prépondérance de la réflexion fluctue selon la nature de la relation. Dans une joute érotique, Jean entre dans le vif du sujet sans trop réfléchir, c'est au moment où une lady Chatterley en goguette constate que la fameuse virilité de l'homme des bois relève du mythe qu'il pense… à fuir. La cervelle est molle au moment du corps-à-corps, les sens sont en émeute, surtout le toucher. Les peaux s'effleurent, les lèvres s'attouchent. Dès qu'on a pris langue, les doigts content fleurette. Haut débat gestuel, haut des bas sensuel.

Quand les échanges s'élèvent au-dessus de la ceinture, l'esprit s'anime. Sa vivacité dépend du degré d'interaction avec le locuteur, elle s'amenuise à mesure que le cercle grandit.

- *Sitôt qu'on est plus de quatre, on est une bande de cons,* chantait Brassens plein de remords d'avoir quitté le chêne sous lequel il vivait heureux.

Comprenant que la seule échappatoire à cette malédiction des chiffres est d'être un numéro au-dessus du lot, Jean prend la tête du groupe. L'animateur se perfectionne, de séance en séance l'assistance s'allonge sans jamais atteindre la monstrueuse dimension d'une foule, bête immonde que le tribun caresse dans le sens du poil. Lorsque son regard ne peut plus plonger dans les yeux de chaque auditeur, Jean n'est plus à l'aise. Son sens de la répartie fait merveille dans un rassemblement d'individus aptes à intervenir dans le débat, un attroupement où le quidam se noie dans le groupe le pétrifie. Les images de foules en délire buvant les paroles sanguinaires du *Führer* le terrifient, la métamorphose d'individus intelligents en un monstrueux cerbère levant la patte devant les vociférations de son maître l'incite à préférer les aboiements de son chien sous le bruissement des arbres.

*- T'as perdu ton chien, t'en veux un autre ?*
Fritz, le garde-forestier voisin, est bien gardé. Cinq chiens tirent sur leur chaîne, ouvrent leur gueule prête à déchiqueter bras et mollets du rare passant. Il désigne la plus jeune. Une belle rousse au museau noir, mère malinoise, père inconnu. Jean n'ose l'approcher, ses crocs sont trop pointus. Fritz la détache et la met à l'arrière de la 2CV avec son collier et sa chaîne.
En traversant la forêt, Jean croise un ouvrier.
*- Fais voir ton nouveau chien.*
*- Attention ! Il est méchant.*
*- J'en ai vu d'autres...* Il ouvre la porte, avance la main et vlan, quatre trous rouges dans le gant de cuir épais.
Ce chien fait peur, Jean l'attache au plus court, lui donne la pâtée au bout d'une perche, l'apaise de mots doux, l'œil aux aguets.
De jour en jour, les poils du dos se hérissent moins haut. Les babines ne se retroussent plus, la langue les pourlèche à l'approche de la gamelle. Les grondements menaçants se transforment en

jappements de joie. La queue fouette l'air de contentement.

Jean l'emmène en forêt au bout d'une longue corde. Patiemment, doucement, il lui apprend à obéir afin qu'elle puisse être libre. Quelques mois plus tard tombe le collier, définitivement.

Un matin pluvieux, elle aperçoit une dizaine de marcassins en train de s'ébrouer dans une souille. Quelle belle occasion de s'amuser ! Et que je te joue à saute-cochon, que je les roule dans la boue, les envoie en l'air et… crac ! Un buisson grogne, s'agite. La maman déboule, fonce tête baissée sur la malotrue, l'envoie valdinguer d'un bon coup de grès dans le derrière et la mal-au-trou se sauve en couinant de douleur. La bête rousse est devenue sa bête noire.

Cette mésaventure ne les empêche pas de fouiner par monts et par vaux dans les dessous de la forêt. Cerfs, chevreuils, lièvres prennent leur distance en les regardant passer. Habitués à rencontrer ces deux familiers des lieux, ils les savent inoffensifs mais leur instinct leur dit que l'une a les crocs du loup et l'autre pue la mort. Quelquefois l'entrevue est moins amène, le geai les injurie, le hibou les hue, la martre siffle sa colère, mais qui n'a pas pareils soucis de voisinage ? D'autant que Chloé adore secouer l'indolence des biches mollement étendues sur les touffes de fétuque. Elle les flaire et marque l'arrêt. Un bref claquement des doigts et elle y va, truffe au vent. Quatre, cinq biches déboulent à toute allure. Un léger sifflement et la chienne revient, toute contente du bon tour qu'elle leur a joué.

Bras dessus, patte dessous, Chloé et Jean ne se quittent plus. Quand la paperasserie du bureau accapare le forestier, la chienne se love dans le fauteuil et rêve de forêt sauvage, étrangère à celle que Jean mesure, brin par brin, essence par essence, parcelle par parcelle. Elle soupire souvent, s'agaçant de le voir s'échiner à comptabiliser les troncs dans des calepins jaunis par le temps. Il a beau lui expliquer qu'un autre serait plus cupide, que la vie ne se contente pas d'amour et d'eau fraîche, que la clef du paradis demande quelques efforts. Rien n'y fait, elle aime l'homme des bois, déteste le garde-forestier. L'homme n'apporte rien de bon à la forêt quand il veut la gérer.

Elle l'aide pourtant à compter les cervidés pour établir le plan de chasse. Jean se poste sur un pro-montoire, elle s'enfonce dans les fourrés, en sortent cerfs, chevreuils ou sangliers selon le jour. Parfois les trois ensemble. Elle se souvient du regard apeuré de son maître le matin où dix-huit coiffés débusqués foncent dans sa direction et l'évitent au dernier moment. Les biches sont plus difficiles à surprendre, la bréhaigne la repère rapidement et la troupe s'éclipse au triple galop. Par contre, si elle rencontre un sanglier, c'est elle qui prend ses jambes à son cou, morte de trouille. Elle aime encore moins le joli mois de mai où il lui est interdit de gambader à son aise. Elle déteste tout particulièrement les moments où Jean imite le cri du faon en soufflant dans une feuille de hêtre. Elle sait qu'ils se trouvent entre la maman et son bébé et que celle-ci va venir jusqu'à eux s'ils sont à contrevent. Voir cette chevrette à portée de griffes, sentir son odeur de fauve, entendre le vagissement du faon la rendent folle, elle bondirait sur l'animal si les jambes de son compagnon ne la maintenaient pas sur place en lui tenaillant les flancs. Son poil se hérisse, son museau couine, les yeux lui sortent de la tête. Un vrai supplice qui disparaît après une course effrénée sur le chemin forestier, toujours à portée de vue de son maître.

Quelquefois, en début d'après-midi, ils s'étalent au milieu d'une clairière. Si Jean est triste, Chloé se couche contre lui, la tête sur son ventre, prête à déchiqueter les idées noires qui le tenaillent. S'il est jovial, elle explore la pelouse sèche, mâchonne quelques brins de chiendent, fourre son nez dans un trou de campagnol, renifle un nid de guêpes déterré par un renard, se roule dans une crotte de biche pendant que Jean enfonce un brin d'herbe dans le trou d'un grillon. Quelques guiliguilis l'obligent à évacuer son antre, il en sort furieux et honteux d'être au vu et au su du monde. Il se tait ce vilain qu'on entend toujours et qu'on ne voit jamais. A l'inverse, un *paon du jour* promène gracieusement sa beauté dans le silence de son vol. Les fleurs jalousent ses ailes colorées. Le m'as-tu-vu le sait et papillonne de plus belle. La fauvette le voit, le happe. Camouflé dans la verdure, le criquet est fort heureux d'avoir écouté la complainte de son cousin sur l'art de vivre caché.

Surgit un bourdon qui va de trèfle en trèfle. Étonné de ce que ce gros lard suçote de si minuscules fleurs, Jean le suit des yeux, écoute sa musique, compare son dos velu au labelle de l'ophrys que le vent agite à ses pieds. La ressemblance est parfaite. Le lourdaud se jette sur elle. L'habile stratagème fonctionne à merveille. Il y a quelques jours, un *bâton du diable* avait intrigué Jean. Immobile sur sa brindille, le phasme est difficilement détectable. Même forme, même couleur. Ses ennemis, oiseaux ou mantes religieuses, passent à proximité sans détecter sa présence. L'animal est parvenu à copier une partie de la morphologie de l'arbrisseau qui le nourrit. Proie et prédateur ne font qu'un. Communier avec sa victime au point d'en être son sosie avait considérablement troublé Jean. Et voilà qu'une orchidée s'ingénie à mimer son pollinisateur. En combien de temps a-t-elle monté ce leurre qui attire l'insecte en ses flancs ? Comment une plante qui ne possède pas d'ommatidies a-t-elle saisi l'importance du mimétisme ? Quel mystérieux sens de l'observation l'a poussée à imiter le dos du butineur alors qu'elle ne se frotte qu'à son ventre ? Jean reste coi devant tant d'intelligence et de beauté réunies. Décidément, traiter un vieillard impotent de légume est une expression de citadins habitués aux étals de marchés emplis de tubercules, feuilles, racines, graines ou fruits morts, un naturaliste sait que la plante est pleine de vie et d'ingéniosité.

### Clairière

Le ciel est sur le flanc,
Sa grosse bedaine
Noire,
La roche du piton
L'a saignée
À blanc,
Il fuit les flèches pointues
Des sapins assassins
Et s'affale,
Bleu exsangue,
Dans ce trou de verdure.

L'aube y pleure
À fraîches larmes
Sa bonne étoile,
Scarabées et cétoines
S'empressent
De les lécher,
Déjà l'ombre
S'enfonce
Dans la sombre lisière.

Le soleil luit,
La clairière cuit,
Nul ne paît,
Tout se tait
Sous la lyre des grillons.
Chantres de la victoire
De l'herbe sur l'arbre,
Ils trouent le silence
Des vieux troncs liégeux.

*Gorgée d'eau bénite,*
*La mante vorace*
*Croque le corps*
*D'infidèles papillons.*
*Toujours en prière,*
*L'amante salace*
*Craque le crâne*
*D'un fidèle compagnon.*

*Enfoui sous la pierre,*
*L'orvet estropié*
*Regarde, pétrifié,*
*Sa queue gigoter*
*Dans les serres mortelles*
*Du faucon crécerelle.*

*Fugaces histoires*
*De vie, de mort,*
*Sans queue ni tête*
*Aux pieds de Jean*
*Assis au ciel,*
*À la droite de son chien.*

L'homme a arbitrairement tracé une ligne de démarcation entre le végétal et l'animal qui sont des êtres vivants aux modes de vie différents. Empli de cette certitude, Jean considère que la querelle entre anthropocentristes et antispécistes est une dispute de doctes gens qui regardent la planète par le trou de leur nombril. Les premiers placent l'homme au-dessus de son environnement, les seconds l'incorporent dans le monde animal dont il doit respecter la vie et ne plus s'en nourrir. Les deux écoles estiment que le règne végétal est subalterne. Sectaires élucubrations humaines étrangères à la loi de la jungle. La nature ne différencie pas les éléments fondamentaux des individus qui s'en nourrissent, elle ne classe pas non plus les êtres vivants selon la taille du cerveau ou la sensibilité à la douleur, seule compte la préservation d'une harmonie entre les composants du milieu. Poux, boue, houx, loups, choux, cailloux, hiboux concourent à maintenir cet équilibre vital, chacun à sa façon sans ordre de préséance. Le lichen mangé par le renne a autant d'importance que la panthère des neiges puisque le maintien de la vie réside dans l'harmonieuse combinaison des maillons de la chaîne alimentaire. L'homme ne se sent pas assujetti à cet enchaînement, son cerveau défie l'ordre établi, son activité attise le feu solaire, ses pieds piétinent la terre, sa bouche encrasse l'air, son cul salit la mer. Les véganes rabattent avec raison cette hubris en liant l'humanité à l'animalité, leur vision va dans le bon sens mais leur mauvaise vue de mammifère placentaire les empêche de voir plus loin que le bout de leur nez. Juger la valeur d'un être vivant avec des critères de primates est, somme toute, très anthropocentrique. La relativité de ce point de vue est comparable à celle du ver de terre plein d'égards envers un menu brin d'herbe jaune et mort alors que la vache regarde avec envie la luxuriante verdeur d'une immense prairie. La nature se fiche des échelles de valeur intrinsèques aux espèces, elle exige une règle de conduite respectueuse de chaque anneau qui attache la vie à la planète. Le respect ne réside pas dans le maintien en vie d'un individu, sa mort est indispensable à la régénération de l'espèce et à la survie du prédateur, priorité est donnée à la préservation de l'écosystème. Ne pas rompre la stabilité du climax prévaut sur toute autre considération.

La suppression de l'élevage restreint certes les pollutions sur le milieu ambiant et augmente les capacités alimentaires de l'humanité, mais commuer l'homme omnivore en herbivore au nom d'une morale clouant au piloris carnivores, insectivores, ovivores, lactivores réduit l'éventail et la richesse des modes nutritionnels qui ont fortement influencé l'évolution de l'homo sapiens. Si la loi de la nature exige la préservation de l'environnement, est-il sensé de préconiser l'essor de l'agriculture aux dépens de l'élevage alors que la monoculture couvre pratiquement toutes les terres arables et que les prairies naturelles restent les derniers bastions où les plantes poussent en associations ? En quoi une carotte élevée sous intrants chimiques ou une salade poussée hors sol est-elle une nourriture plus pertinente qu'une brebis broutant les alpages ?

Jean se souvient du village de son enfance. Cinq cents âmes, une quinzaine de corps de fermes. Chaque paysan cultive une vingtaine d'hectares, élève une dizaine de vaches laitières, poules et canards courent les rues. Les familles ouvrières possèdent quelques lopins de terre, des volailles, un cochon, des lapins, parfois une vache. D'étroits champs de blé, orge, seigle, avoine, betteraves, pommes de terre, luzerne, vesces bigarrent la campagne entrecoupée de parcs où paît le bétail. Au printemps, quand le blé est en herbe, papa, maman, son frère et lui montent sur la charrette que tire Pompon, un valeureux comtois. Tous les quatre parcourent les champs de céréales et coupent les chardons à l'aide d'un sarcloir. Le blé semé à la main pousse irrégulièrement sur un tapis de « mauvaises herbes ». La récolte d'environ vingt quintaux par hectare permet de nourrir et d'élever correctement les familles, nombreuses à l'époque. Aujourd'hui, un seul agriculteur exploite le maïs sur le ban communal, l'atrazine tue la concurrence, l'engrais multiplie le rendement par sept. Néanmoins, sans subventions publiques, l'exploitant agricole n'arrive pas à joindre les deux bouts malgré la vente de bœufs enfermés dans une stabulation où ils engraissent sur leur merde et n'en sortent que pour rejoindre l'abattoir.

Quelque chose ne tourne pas rond dans le pré carré des agronomes contemporains. Plutôt que de jouer au donneur de leçon, Jean préfère mettre en pratique sa compréhension du monde. Cinq hectares de prairies entourent la maison forestière, de quoi élever quelques descendants de l'arche de Noé. Vite fait, bien fait, un grillage délimite l'espace en différents parcs qui assurent à tour de rôle le gagnage des animaux. Y gambadent à leur gré chevaux, moutons, chèvres, veau, vache, cochons, couvées ... Dès le premier chant du coq, Jean se lève. Charlotte, la vache que lui a léguée son père à l'heure de sa retraite, l'attend avec impatience, le pis gonflé. Le rituel est immuable. Charlotte s'installe dans l'étable, devant la mangeoire garnie d'une mouture d'orge. Jean nettoie la bouse collée à ses flancs, lave les trayons puis s'assied sur le tabouret à trois pieds, colle son front à son ventre et presse les mamelles à pleines mains. Le lait gicle dans le seau en longs jets blanchâtres qui deviendront crème, beurre, fromage blanc, yaourts selon le goût du jour. Tout le monde aime cette vieille carne paisible. Nul besoin de l'attacher pour la traite, parfois les chevreaux sautent sur sa croupe lorsqu'elle est allongée à côté de Fripounette, leur maman. Leurs cabrioles ne perturbent guère la longue et lente rumination.

*- Pourquoi Clarabelle a droit au chewing-gum et pas moi ?* s'indigne un titi parisien en visite.

Dur, dur de lui expliquer que graminées et fleurs, fauchées d'un bref coup de langue et avalées après un masticage sommaire, montent en bouche et remontent encore tant que les molaires ne les ont pas complètement broyées.

*- Pouah, elle mange son vomi !*

Il avale mieux l'habile digression sur *Bambi* qui déjeune en deux temps afin de raccourcir les moments où il est exposé aux dents de S*here khan*. Comme lui, biches et chevreuils pâturent très vite et mâchent à l'abri du couvert.

*- Ah ! C'est pour ça que maman biquette retrouve ses sept chevreaux vivants dans le ventre du grand méchant loup.*

Un ange passe...

Un jour, enhardi par la placidité du bovin, le pourceau tente de téter le pis. Comment résister à l'attrait de ces gros nibards à l'arrière-goût de petit lait versé dans l'auge du matin ? Un bon coup de corne dans le jambon lui dit d'aller faire ses cochonneries ailleurs. Des grouinements plaintifs grouillent alors jusqu'au soir autour de la maison.

Malgré la kyrielle de bêtes de compagnie, Charlotte s'ennuie sans ses sœurs d'antan mystérieusement disparues dans une sauce mironton. Lorsqu'il aperçoit le bélier tourner nerveusement autour de sa croupe, Jean pense qu'un bébé lui ferait du bien. Quand il était enfant, son père amenait la vache au taureau. Maintenant qu'il est grand, c'est le taureau qui va à la vache et, comme celui-ci n'est pas titulaire du permis de conduire, l'inséminateur le remplace. Curieux métier qu'exerce ce petit homme vert, botté jusqu'aux genoux, ganté jusqu'au cou, qui enfonce main, bras, épaule dans la vulve, introduit un cathéter et injecte le sperme d'un reproducteur choisi sur catalogue. Sur le plafond de l'étable, les mouches observent le martien en bourdonnant d'effroi.

- *Cet homme, si sa bêtise donnait du lait, on serait marchand de fromage*, bougonnent-elles en copulant de plus belle.

Le mauvais coucheur est vite oublié et, neuf mois plus tard, Charlotte accouche. C'est la fête. De partout arrivent les amis pour assister à la naissance. La parturition est longue, la première poche d'eau est crevée, les pattes avant sortent mais la tête ne passe pas. Jean, qui a vu son père aider les vaches à mettre-bas, attache une cordelette autour de chaque pied et demande à deux forts gaillards de ne jamais tirer sur la corde mais de la maintenir tendue de sorte que la partie qui a passé l'étroit passage du col ne revienne pas en arrière. Puis il enlève sa chemise, se lave minutieusement les mains, enduit d'huile de table son bras droit, l'introduit dans la vulve et doucement, lentement, délicatement, millimètre par millimètre, aide la tête du veau à évaser les lèvres. Une demi-heure plus tard, les oreilles apparaissent, c'en est fini, le corps sort d'un trait. La maman savoure son petit à grands coups de langue. Il en a bien besoin le bougre, tant ses poils sont mouillés. Quelques derniers flashs et l'assistance s'en va.

Le vêlage ébahit les gens de la ville. Les garçons congratulent le gynécologue-toréador, les filles l'embrassent à pleine bouche. Quelle adresse, quelle maîtrise ! Lancôme, Guerlain, Chanel s'embaument d'odeur de vache. Jusqu'où s'encanailleraient-ils si le veau s'était présenté à l'envers et que Jean ait dû le retourner dans le ventre de la maman ainsi que le faisait son père ? Mais l'heure n'est pas à la nostalgie, il est temps de fêter l'avènement. Les bouteilles surgissent, les bouchons sautent, le vin gicle. Le baptême dure toute la nuit. Au petit matin, Jean, encore imbibé, retrouve Charlotte et Émilie emmitouflées dans un petit bonheur, le poil sec. La mère mange la délivrance. Est-ce par crainte atavique qu'un prédateur ne découvre son bébé ou est-ce parce que le placenta est très nutritif et permet à la parturiente de recouvrer des forces ? Quelle qu'en soit la raison, voir un herbivore se métamorphoser en carnivore et manger son propre corps remet les yeux en face des trous. Déjà Émilie se lève, vacille un peu mais parvient jusqu'au pis qu'elle tente de téter. Jean l'aide car il est impératif qu'elle ingurgite le premier lait chargé de colostrum. Puis il trait Charlotte afin d'éviter une mammite et lui donne le seau à boire. Elle le boit d'un trait.

*- Lorsque l'enfant paraît, le cercle de famille applaudit à grands cris…*

Sitôt qu'Émilie tient ferme sur ses pieds, sa maman la promène dans le parc. Tous accourent. Liane les a vues en premier. Un rapide galop la mène jusqu'à elles. Son doux museau hume le pelage encore frisé de la môme. Se souvient-elle de son poulain dont on l'a séparée à son premier anniversaire ? L'infortuné naquit aveugle, il ne fut pas baptisé. A l'intérieur de l'arche de Noé, les animaux naissent libres et égaux mais vivent sous deux statuts différents. Ceux qui sont sous contrat à durée déterminée sont désignés uniquement par leur patronyme. Les canards se dandinent au milieu des poules ; cabris, agneaux et cochons folichonnent dans les prés jusqu'au jour fatal fixé par Jean qui s'arroge le droit de mort à condition de leur rendre la vie la plus agréable possible. L'anonymat permet de garder la distance nécessaire à ce que la main ne tremble pas au moment de saisir le couteau sacrificiel. Sont sous contrat à durée indéterminée les animaux dont la mort ne dépend pas de Jean. Ils ont l'apanage d'avoir un prénom ou un surnom. *Chloé, Charlotte, Émilie, Fripounette, Liane,* l'ânesse *Cannelle* ou les minous *Ping* et *Pong* sont baptisés dès leur naissance, d'autres sont des vocations tardives. Les deux oies ont déjà mis au monde de nombreux oisons quand elles sont surnommées *Mamy et Papy*, le vénérable couple en adoptera d'autres faute de pouvoir les pondre avant d'émigrer vers des cieux éthérés avec un billet sans retour. *Crâne d'œuf*, le dindon fou obtient son pseudonyme le jour où il refoule le redoutable autour en train d'étriper un malheureux canard. Cette noblesse de basse-cour est liée à l'impétrant, elle n'est ni attribuée à une espèce ni transmissible par héritage. *Églantine* fut élevée au biberon, sa maman n'avait pas assez de lait pour élever des triplés. L'agnelle d'hier est aujourd'hui une vieille brebis qui suit Jean comme son ombre, ses rares chicots grappillent une carotte dans le fond de sa poche, elle est désormais bréhaigne après avoir mis au monde nombre d'agneaux disparus à l'âge tendre avec toutes leurs dents de lait. *Chanteclair* n'a pas de problèmes de caries. Qu''il pleuve ou neige, il salue l'aurore avec ferveur. Son bel organe annoncera moult lendemains qui chantent sans qu'une soirée festive ne transforme le gâteux coq en pâte en succulent coq-au-vin.

Les « sang bleu » bénéficient d'un rapport privilégié avec le roi des lieux. Il leur parle, les flatte, les gâte avec affection. Chaque favori réagit à sa manière. Chloé, la féale, protège son maître avec constance. Ping-Pong, félons aux beaux jours et félins en hiver, ronronnent à qui mieux mieux sous les caresses du maître et la chaleur du poêle. Tous réagissent à l'appel de leur nom, souvent ils hennissent, mugissent de contentement, parfois ils glougloutent, bêlent leur mauvaise humeur, toujours ils regardent ce que contient la main royale avant de venir la baiser. Ces faveurs sont bien maigrichonnes quand emplumés ou velus de la petite maison dans la prairie ont droit au bonheur à travers le maximum de liberté, le loisir de vivre en paix et la capacité de trouver une nourriture suffisante. Nulle inégalité de traitement entre les habitants de la basse-cour et ceux des grands espaces, le grillage qui les sépare évite aux gallinacés d'aller se jeter dans la gueule du renard ou les griffes de l'épervier en caquetant trop loin du poulailler.

Ces relations particulières permettent surtout à Jean d'exprimer son animalité. En sortant les bêtes de la chaîne alimentaire, il se met à leur niveau. Son regard s'élargit quand il observe la prairie à travers les yeux de Charlotte, Liane, Fripounette,

Cannelle ou Églantine. Exclusivement herbivores, ils ne paissent pas de la même manière. Sitôt que s'ouvre la barrière d'un nouveau parc, ils expriment leur joie dans une course effrénée où meuglements et bêlements sont largement dominés par de tonitruants braiments. La cavalcade les mène parfois à tourner deux, trois fois dans l'herbe haute et drue si bien que le cheval a un tour d'avance sur les moutons. La chèvre broute de ci de là la feuille pennée du sainfoin, l'épi d'une fléole ou la fleur du trèfle incarnat, la langue de la vache fauche tout ce qui se trouve devant elle, l'ânesse et la jument n'aiment pas passer derrière les brebis aux relents de suif, elles ont leur coin « toilettes » alors que les autres défèquent à tout vent, bouse et crotte de bique n'ayant pas l'odeur ammoniaquée du crottin. Fripounette et Cannelle excellent dans l'art de trouver un trou dans la clôture, ces fieffées friponnes ne ressemblent en rien à Églantine qui ne sait pas reculer lorsqu'elle a passé la tête dans une maille du grillage et s'évertue à forcer le passage tant que Jean ne l'a pas tirée de ce mauvais pas. Est-ce parce qu'elle a confiance en la pointe de ses cornes que Charlotte ne bouge pas une oreille quand la bourrasque de la nuit a jeté une grosse branche sur le passage ? Liane, plus craintive, marque un temps d'arrêt avant de franchir l'obstacle.

Le nez au ras des pâquerettes, Jean renifle la bonne odeur des graminées. S'il croyait en la métempsychose, il se réincarnerait volontiers en âne. Il aime sa robustesse, sa frugalité, sa résistance. Quand ils s'affrontent, nul ne sait quelle est la bête la plus rusée, la moins têtue. Pas même la sage Charlotte auprès de qui Jean s'allonge quand le bourdon le gagne. Ensemble, ils ruminent. En paix. Peu à peu le profond silence écrabouille les noires pensées. Le calme occupe l'espace. Tout devient doux. Si le problème est d'ordre relationnel, Jean s'assoit près de Fripounette dont il apprécie l'intelligente alliance qu'elle contracte avec son ennemie personnelle, Cannelle, dans le but de se goinfrer d'orge moulue. La mâchoire de l'une manœuvre la clenche de la remise, les cornes de l'autre soulèvent le couvercle du tonneau, les deux museaux s'enfoncent à tour de rôle dans la mouture sans provoquer la moindre querelle... A-t-elle connaissance de sa condition privilégiée par rapport aux nombreux chevreaux procréés qui se sont transformés en cabri massalé ? Émilie sait-elle que, si elle était née avec un attribut de mâle, elle n'aurait pas été baptisée mais noyée dans une blanquette dès son sevrage ou dans un pot-au-feu à l'aube de ses deux ans ? Les animaux semblent ignorer la mort. Aucune bête ne discerne le superprédateur derrière le père nourricier qui entretient le cheptel. Chacun craint son bâton en cas d'incartades, nul ne voit le couteau avant l'instant fatal. A défaut de conscience, ils ont une prescience phénoménale. Quand Jean pose un regard assassin sur elle, la victime le perçoit instantanément. La poilue détale, la plumée s'envole, leurs yeux exorbités quittent déjà la tête qui va être tranchée. La ferme est en émoi jusqu'à ce que le sang coule. Dès que la vie s'en est allée par la béance de la coupure, le calme revient. Les poulets picorent autour du coq qui se déplume, les brebis paissent à côté du bélier qui se dépiaute. La mort est pour eux une menace vivante, physique, réelle. Bien loin de notre métaphysique que l'on gonfle démesurément pour y enfouir notre incapacité à la regarder en face. La bête se méfie d'elle, elle sait qu'elle est tapie dans l'ombre, l'œil est aux aguets. La mort n'est pas inanimée, c'est une vivante qui a besoin de cadavres pour se maintenir en vie. Elle n'existe pas en tant qu'entité, elle coexiste dans chaque être. Sa faux est un fusil, un couteau, un bec, un croc, des serres, des griffes, un dard, une mandibule, une liane, un champignon, une feuille, une radicelle… Tout vit à travers la mort d'un autre, chaque vie pue la mort. Y compris les éléments fondamentaux : la terre ingère fibres et os pour nourrir les racines, le feu céleste assure l'assimilation chlorophyllienne des arbres que son frère terrestre brûle avec flamme, l'eau abreuvant la plantule érode roches et vallons, l'air que l'on respire pour vivre se charge de germes qui tuent.

Quand il se couche sur le pré où broute Émilie, Jean voudrait parfois être plus petit qu'une fourmi avec la discrétion du lynx et l'ouïe du crocodile pour entendre ce que se disent les brins d'herbe à l'approche de la langue bovine. Émettent-ils des signaux communs ou chaque essence possède-t-elle un code particulier qui empêcherait la fléole de s'aboucher avec le vulpin, la fétuque ou le ray-grass ? Il n'en sait rien mais il sent que les plantes se colportent la présence du prédateur. Peut-être savent-elles différencier un carnivore d'un herbivore, leurs poils se hérisseraient-ils moins aux hurlements du loup qu'aux bêlements d'un agneau ?

Ce qu'il ressent instinctivement, la recherche scientifique balbutiante commence à le prouver. Ainsi, la mort de koudous dans un enclos africain trouve son explication dans la capacité de l'acacia à sécréter du tanin lorsqu'il est agressé. A l'état sauvage, ces grandes antilopes herbivores changent de lieu quand les feuilles s'altèrent mais, circonscrites en un endroit clôturé, les voilà obligées d'avaler des doses létales de tanin car tous les acacias avoisinant l'arbre abrouti ont capté un message d'alerte les incitant à produire l'élément toxique. La communication s'est réalisée à travers l'émission de gaz d'éthylène qu'ont reçu les capteurs sensoriels des feuillages voisins. Cette sécrétion de composés organiques volatils ne permet pas seulement à l'arbre de se mettre en relation avec les végétaux, elle le mettrait en contact avec les nuages afin d'attirer la pluie et avec les animaux en produisant des signaux hormonaux qui attireraient le prédateur de l'insecte phytophage.

Bien loin des yeux et du nez où couleurs et odeurs exubérantes des fleurs et des fruits favorisent la pollinisation et la dispersion des graines, mais tout aussi silencieuse, une importante façon de communiquer se passe sous terre. La mycorhize est la relation entre les racines d'une plante et des champignons, les radicelles fournissent des glucides au mycélium qui donne en retour du phosphore et de l'azote à sa partenaire. Cette coopération est particulièrement bénéfique aux jeunes plants en manque de lumière sous les frondaisons de leurs géniteurs. Le mycélium qui se développe au-delà de la zone racinaire augmente considérablement le bassin de correspondance des plantes. Elles ont grandement besoin de cet allongement du réseau de communication car leur capacité de réaction est lente et il faut du temps pour produire suffisamment de défenses chimiques en cas d'attaques de pucerons ou autres razzias.

### Le langage des fleurs

Narcisse se mire,
Nu dans sa beauté.
La rose l'admire,
Rougit, envoûtée.
*Vergissmeinnicht !* Rugit
Le cœur pur du lys.
*Pourquoi donc a-t-elle*
*L'irrévérence*
*De l'amaryllis*
*Et non l'innocence*
*De la violette ?*
Mais notre belle
Fort vite s'assagit.
A peine éclose,
Sa folle bluette
S'affadit. Celui
Qui n'aime que lui
L'envoie sur les roses.

L'homme est tant dur de la feuille
Qu'il ente les pistils
D'un message subtil
Que nulle étamine n'effeuille.
L'obscure clef des champs
Forgée on ne sait où

Passe par tous les trous,
Trouve la paix sous l'olivier,
Couvre de gloire le laurier.
Est-elle clé des chants
D'herbes vertes ou de fleurettes
Criant au loup devant chevrettes
Bêlant leur faim ? *Pas du tout !* crache
Une marguerite
Qu'une main amoureuse arrache,
Deux doigts doux effritent.


L'homme moderne s'est doté d'ailes intergalactiques capables de capter un pet d'alien au fond d'une cuvette de Mars. Les arcanes de la voûte céleste sont en passe d'être élucidés alors que les cris de détresse des herbages meurtris par nos voûtes plantaires sont éludés.

Trop au ras des pâquerettes.

Contrairement aux autres êtres vivants, l'hominidé ne s'est jamais adapté à son environnement. Le milieu dans lequel il vit est constamment contesté. Dès sa naissance, le petit poilu étouffe dans la forêt luxuriante. Sa faible constitution ne peut attaquer la force sylvestre, il descend alors de son arbre et s'en va dans les herbages Mieux vaut dominer des myrmidons que d'être écrasé par des titans.

*Citius, altius, fortius* est sa devise avant même que les premiers mots articulés ne sortent de sa bouche. Il se dresse sur ses pattes arrière et rêve d'accéder à cette ligne où la terre rejoint le ciel. Atteindre l'horizon devient son ambition. Le chasseur-cueilleur voyage donc et, l'herbe étant plus verte dans le pré du voisin, finit par envahir la planète entière. La domestication du feu lui permet de braver neiges et glaces, de tenir à distance ses ennemis, de modifier son mode alimentaire. La flamme lui révèle surtout le monde des esprits, l'extirpe du règne animal et ravive son envie de domination. N'ayant pas trouvé sa niche dans la nature, l'homo sapiens la met en cage. Le nomade se fixe, brûle l'arbre qui l'a vu naître, viole la terre, l'engrosse de graines sélectionnées, asservit les bêtes. Le sédentaire se rend maître absolu des lieux. Pour un os à ronger, le loup ne hurle plus sa soif de liberté mais aboie en chien de garde contre les meutes rebelles. Il ne dort que d'un œil, la vache laitière attachée à un piquet est bien plus affriolante qu'un redoutable aurochs et le mouton emprisonné dans l'enclos est bien moins alerte qu'un mouflon. Orge, seigle, légumineuses voient leurs plantes associées devenir de mauvaises herbes bannies aux confins du champ cultivé. Ses bras, quoique allongés par le manche de la houe, ne peuvent satisfaire sa rapacité, l'homme invente l'araire et oblige les animaux à travailler à son service. Son énorme cerveau échafaude des mythes qui l'envoient toujours plus loin. Ulysse vogue sur les eaux, Icare s'emplume dans les airs, Orphée s'enfonce dans le feu des enfers, Zeus grimpe sur l'Olympe, au-dessus des nuages. Un à un, ces mythes vont devenir réalité. Le bois, son berceau, sera son vaisseau. Il sillonne les mers et découvre la rondeur de la terre qui, en se dépossédant de ses horizons, perd tous ses charmes. La maman devient gourgandine, il la dénude, l'écorche, l'étripe. L'allochtone forcit, sa puissance est capable de tuer la planète au point qu'elle se voit obligée de modifier son mode de vie afin que disparaisse ce nuisible.

Plutôt que de composer avec sa mère nourricière, le bipède aptère invente des avions, des fusées, des stations orbitales. Puisque l'horizon n'existe pas, il place ses illusions dans l'infini, sa boulimie n'attend plus rien d'une terre trop petite. Le superprédateur se mue en extraterrestre. Son avenir est ailleurs. Le monde est un royaume dont l'immensité est à la taille de sa propre grandeur.

Au désir de renifler les effluves de la rose du petit Prince s'ajoute l'aspiration à ne jamais pourrir sous les racines du chrysanthème. Le corps se drageonne, une âme éternelle le suit comme son ombre puis s'envole au ciel quand il est mis sous terre. Ce dédoublement spirituel n'empêche nullement la médecine de chercher l'eau de jouvence qui rendra la chair humaine immortelle. L'espoir de remplacer des organes défectueux par des cellules humaines développées sur des embryons de pourceau est pour demain. Le cochon joue un beau tour aux textes bibliques qui l'ont tant vilipendé. Les greffons pur porc sont en passe de provoquer la nécrose de la greffe religieuse. Un corps increvable enverra l'âme au diable... Cette soif d'éternité s'encanaille d'ivresse des profondeurs au fond desquelles se noient de volumineux traités philosophiques tentant d'élucider le mystère de la vie. Notre aspiration à aller toujours plus loin, vivre plus longtemps et être plus profond est singulièrement proportionnelle à notre âpreté à confiner animaux et végétaux dans des espaces de plus en plus restreints, à réduire leur durée de vie et à les considérer comme des êtres superficiels, sans états d'âme, sans intérêt autre que financier. Fort heureusement, des révoltés dénoncent les camps de concentration dans lesquels sont enfermés les animaux d'élevage. La bataille est loin d'être gagnée mais elle est engagée, l'espoir est là. Déjà la majorité silencieuse s'émeut de l'atrocité des abattoirs.

Il n'en est pas de même pour les végétaux. Comment l'homme pourrait-il s'intéresser à des êtres vivants sans cervelle, lui qui accorde tant d'importance au poids de ses neurones ? Affirmer que les plantes s'expriment provoque haussements d'épaules et sourires condescendants. S'il est rationnel de parler à un dieu qui ne répond jamais, il est complètement incongru d'écouter le langage des plantes. Pourtant, il suffit de s'épier pour comprendre les rudiments de leur communication. Que se passe-t-il quand, sans un mot, pas même un regard, je me sens bien ou mal à proximité d'une personne inconnue ? Sont-ce les phéromones de ses aisselles, son sexe ? Toujours est-il qu'un échange se crée. Étrange message, indétectable par nos sens et si sensuel qu'il peut foudroyer un cœur libertin. Fameux coup de foudre aux mille étincelles.

Jean sent qu'il lui faut laisser son gros cerveau à l'état végétatif quand il aborde le monde des plantes. Le rapport doit être physique s'il se veut réciproque. Une belle tige n'a que faire d'une langue bien pendue en phytologie, elle en pince par contre pour cette fameuse main verte que d'aucuns trouvent magique et qui n'est que la révélation de l'importance du contact entre l'animal et le végétal.

A deux pas de la maison forestière, un jardin vient au monde. La serpe siffle, recèpe sorbiers et saules ; le croissant crisse, coupe cistes et cardères. La faux couche la canche, le fer bêche la terre, la fourche enfourne le fumier. Le croc émiette les mottes, la pioche enfouit les graines, le râteau les recouvre, une pluie chaude tombe de l'arrosoir, les légumes poussent, grandissent, grossissent, soigneusement rangés par carreau. La terre, gavée de fumures, se couvre d'herbes folles que la binette foudroie, inlassablement.

Engrais chimiques et pesticides sont interdits de séjour. Le vent colporte la nouvelle. On vole, rampe, fouit des quatre coins de la forêt. Les vers s'entortillent dans la terre, les abeilles butinent les fleurs de haricots, les fourmis élèvent les pucerons, la coccinelle les mange. Les feuilles de choux sont très prisées, les gendarmes y copulent à cœur joie, les piérides y cachent leurs bébés, la pie-grièche y boit la rosée du matin avant d'empaler un souriceau, un lézard, un gros scarabée, sur le fil de fer barbelé de l'enclos. Ces gibiers de potence invitent les occupants du jardin à bien profiter de cet endroit car leur mort garantit son éternité. Telle est la loi de la jungle.

Au-delà de la banalité de cette lutte pour la vie où l'individu est sacrifié pour le bien de la communauté, le potager est le lieu d'un horrible combat entre la végétation autochtone et les plantes coloniales. Le liseron enlace si passionnément la betterave rouge qu'il l'étranglerait si la serfouette ne lui coupait pas ses élans. La tomate suffoque sous la vesce qui s'accroche à ses basques, les racines du chiendent étouffent le bulbe de l'oignon, la laitue romaine rejoue le siège d'Alésia à l'envers … La bataille contre l'envahisseur est constante, l'intensité faiblit lorsque le soleil bout mais la moindre goutte d'eau provoque un soulèvement général. La houe essaie d'endiguer ces vagues vertes, elle tue soir et matin, le carnage est constant. Elle sauve les lignes de carottes mais doit se replier et abandonner une bande de radis à la horde sauvage. Les malheureux sont exterminés, quelques-uns résistent, montent en feuilles, quatre pétales sortent timidement l'étendard blanc de la reddition, leurs graines s'offrent en tribut, les voici intégrés dans la population locale. Ils vivront sans l'aide de l'homme, comme leurs ancêtres. Éparpillés, affranchis. Les plantes ne connaissent pas l'esclavagisme, tout être est libre de vivre à sa guise, y compris les parasites à condition de respecter la loi du milieu.

Dégoulinant de sueur, Jean s'aperçoit qu'il est en train de réinventer le bagne de Cayenne. Son potager est un camp de prisonniers au milieu de la jungle où les détenus sont parqués par zones selon leur délit. De guerre las, il décide de ne plus combattre frontalement la nature mais d'apparier son jardin à son environnement. Le mariage passe par le respect des règles communes, celles qui ré-gissent fondamentalement la vie sauvage. Le garde-chiourme se mue en garde-nature qui se conforme aux éléments déterminants plutôt que de s'échiner à ferrailler contre leurs effets.

Ayant constaté qu'un champ d'épicéas est très sensible aux intempéries et aux maladies tandis que les forêts mélangées respirent la santé, il entremêle les légumes en suivant leur accointance.

Certaines plantes s'aiment, d'autres se détestent, d'aucunes s'entraident, quelques-unes se font du tort. Chacune a ses affinités. L'art du maraîcher est d'associer celles qui se renforcent et de séparer les bagarreuses. Carottes et poireaux, choux et mélisse, pommes de terre et petits pois font bon ménage, radis et cerfeuil, tomate et haricot ne s'aiment guère. En voyant combien le voisinage est important pour un brin de persil, Jean se dit qu'en permettant à quelques bouleaux ou aulnes de vivre au milieu d'une forêt de douglas, il est loin de créer un milieu propice à une entraide réciproque. Mais que ce premier pas est difficile ! Combien de regards goguenards lui faut-il essuyer ? Sa hiérarchie est complètement fermée à l'idée qu'un végétal ait des comportements sociables. Pour le commun des forestiers, chênes et hêtres se donnent des volées de bois vert à longueur de journée, tout n'est que lutte pour la vie. La plupart ont oublié qu'une certaine ambiance forestière est nécessaire à la survie des bois. Le culte de l'individu dans la société humaine a déteint sur leur vision sylvestre. L'arbre cache la forêt.

Le mal est pire. La société de consommation réduit l'arbre à un tronc. Il perd ses racines, devient un objet commercial jugé selon le bénéfice qu'on peut en tirer : un précieux vaisselier en merisier, de belles barriques de chêne, un tas d'allumettes ou un amas de pellets... Sa raison d'être est post-mortem, sa vie n'a pas de valeur. Qu'importe que le douglas vienne par avion d'un autre continent, sans mycélium, bactéries ou insectes nécessaires à son épanouissement et son pourrissement, pourvu que le géant vert fournisse de belles poutres jaunes au cœur rose ! Comparé à des maghrébins ou sahéliens, cet américain n'a pas à se plaindre. On racole ces mieux-que-rien quand leurs bras musclés apportent un plus à notre industrie, on immole ces moins-que-rien quand leur ventre vide ondule sur les vagues. Au moins lui flotte sur la mer quand les autres s'y noient.

Maintenant que sont harmonisées les relations entre légumes, il faut essayer de régler le conflit entre autochtones et envahisseurs. La première mesure consiste à supprimer la frontière de la colonie et de permettre le libre passage des plantes. Finies les mauvaises herbes, tous les végétaux naissent libres et égaux, mais la liberté s'arrête où commence celle de l'autre. Qu'une arroche se frite trop intensément à un chou de Bruxelles, elle est derechef internée sur le tas de compost jusqu'à ce que mort s'en suive. Pissenlits, céraistes, mourons des oiseaux... envahissent les espaces vides, ceux qui couvrent les semis de mâche ou de navets sont déracinés, ils sèchent sur place, l'ombre de leurs cadavres renforce l'humidité du sol et empêche l'éclosion d'autres plantes intrépides. Très vite le jardin se verdit, pâquerettes et boutons d'or le jaunissent, véroniques et myosotis le bleuissent, coquelicots et herbes à Robert l'enflamment. Doryphores, escargots et mulots éprouvent quelques difficultés à trouver leurs aliments préférés, terrés sous le pâturin et la molinie.

De ce charivari où une poule ne trouverait pas ses poussins sortent d'étranges légumes, au physique de Quasimodo, au parfum d'Esméralda. La « belle de Fontenay » est souvent bossue, ce « malabare » de poireau a bien du mal à dominer l'épinard qui a pourtant fort abâtardi son titre de « monstrueux de Viroflay », la « merveille des 4 saisons » n'est pas des plus gracieuses mais leur sauvage saveur craquant sous la dent rend insipides les primeurs achetés au marché sous le label « bio ». Que dire alors de ces splendides tomates, si rondes, si rouges, si belles, vendues à Noël ou à la mi-carême dans des barquettes plastifiées, qui révèlent à la première morsure qu'elles n'ont rien dans le ventre ?

Toutefois le fouillis est tel que Jean ne trouve plus les concombres masqués par les pattes du chénopode. Il décide alors d'agir sur trois éléments prédéterminant le foisonnement de la végétation. Il diminue la richesse du sol en ne délivrant du compost qu'aux racines des graines et plantules sélectionnées. Potets et sillons regorgent de matières fertilisantes, au demeurant excellentes rétentrices d'humidité, au milieu d'un parterre plus aride et plus sec. L'arrosage ne se fait qu'aux pieds des légumes selon leurs besoins intrinsèques. Accoudée à son tuteur, la tomate est un véritable pilier de bar ; l'ail est d'une abstinence à mettre en fuite un vampire assoiffé. L'eau et la terre ainsi assagies regardent le jardinier jouer avec la lumière.

Pour éviter que le sol ne soit trop enherbé, il suffit d'imiter la forêt. Facile pour un forestier ! Un pommier et un poirier filtrent les premiers rayons, un mirabellier adoucit la lumière tamisée et quelques groseilliers ombragent la peau de la roquette ou du brocoli sensible aux coups de soleil. Le jardin ressemble au parterre d'une cathédrale éclairé par une rosace aux multiples vitraux plus ou moins opaques, c'est un temple végétal. Les graminées ne raffolent pas du clair-obscur de ce lieu de piété, leurs visites se font rares. Le sauvage est païen de nature. Il met des dieux partout et ne croit pas à l'unicité divine, fût-elle incarnée dans un jardinier. La houe commence à rouiller. Jean a alors le loisir de s'occuper de ses légumes, il leur parle gentiment, encourage la doucette à percer la dureté de la croûte terrestre. La feuille de tomate s'enroule-t-elle pour se défendre d'une attaque de mildiou ? Sa main la cajole et l'enduit de décoction de prêle, son pied tasse le sol autour des racines du tournesol à moitié déraciné par le poids de ses graines et les multiples allées et venues du chardonneret, ses yeux s'émerveillent devant la beauté de ses œuvres. L'harmonie trouvée avec la nature embellit carottes, pommes de terre, poireaux et choux. Le beau orne le bon, Jean a recréé un bout de paradis perdu, il sait que cet équilibre dépend de son humilité à suivre les règles de la nature. Il y veille d'autant plus qu'une couleuvre a élu domicile sous le pommier.

### Charretière de légumes.

- *Eh, patate ! T'attends que le feu mûrisse?*
- *Et toi, vieux cornichon, t'as le feu au cul ?*

Deux grosses légumes,
Bourrées d'oseille,
S'assaisonnent au volant.
La moutarde leur monte au nez.

La patate manque de frite pour appuyer sur le
champignon
Mais traiter l'excité du bocal de petit con-
combre lui redonne la pêche.
Plus rouge qu'une tomate, le pisse-vinaigre
A fort envie de lui remuer le pois chiche,
La limace lui court vraiment sur le haricot.
- *Je te botte le tubercule ou je te colle une
châtaigne !*
Grogne-t-il, mi-figue, mi-raisin.
- *Cette tête de pioche est capable de me
réduire en purée !*
La belle plante est à deux doigts de tomber
dans les pommes,
Elle tient à sa jolie robe des champs comme à
la prunelle de ses yeux.

Une grande asperge, qui poireaute
Sur le trottoir, se fend la poire
Devant cette prise de bec à la noix.
Fauchée comme les blés,
Elle se régale sans dépenser un radis,
Surtout quand, cerise sur le gâteau,
Une aubergine leur fourre une prune.

*- Tu veux mettre du beurre dans tes épinards,*
*On n'est pas des vaches à traire !*
Beuglent-ils, du fond de leur caisse.
*- Pourquoi tu ramènes ta fraise ?*
*Ce ne sont pas tes oignons !*
Ils font chou blanc.
Habituée à en entendre des vertes et des pas
mûres,
Elle n'a pas du sang de navet dans les veines.
Le son du panier à salade adoucit le ton,
S'envolent les noms d'oiseaux,
S'en viennent miel et fleurs,
L'enguirlandée s'enjolive en pervenche
Qui, c'est bien connu, n'a pas un cœur
d'artichaut.
Ils se prennent un râteau.
Les carottes sont cuites,
L'amende reste.

Un papillon la butine.

Son diplôme de jardinier amateur bien imprimé sur le cal de ses mains, Jean essaie de le professionnaliser dans les modes de gestion forestière. Il lui faudra beaucoup de patience pour persuader les ouvriers, habitués à faucher toute la végétation autour des plants de sapins, à ne dégager que la tête de l'arbre d'avenir. Lui-même devra manier la serpe quand les plus têtus refuseront de couper un épicéa qu'ils ont planté au profit d'un orme ou d'un tilleul issus de régénération naturelle. Mais la caboche d'un ouvrier est bien moins dure que celle d'un crâne d'œuf au savoir livresque. Que de hargne dépensée à les empêcher d'épandre les boues de stations d'épuration chargées de métaux lourds sur les parcelles coupées à blanc, de les noyer d'herbicides, de pesticides et d'insecticides ou tout simplement de les labourer ! Mais quelle joie de les voir s'attribuer la réussite d'un gaulis naturel de chênes ou de pins alors que, quelques années auparavant, ils prônaient l'échec des régénérations naturelles et critiquaient vivement ces entreprises faute de pouvoir les contrecarrer !

Arrive la catastrophe nucléaire de Tchernobyl avec son nuage qui n'ose franchir le Rhin. Pendant trois jours, Jean claquemure son cheptel, mange des conserves à la place des salades sous les quolibets de ses amis qui riront jaunes au moment où ils découvriront que les retombées radioactives ont passé les frontières bien avant que l'espace Schengen n'enlève les barrières. Encore aujourd'hui, ils hésitent à cueillir des girolles, sachant que leur teneur en césium 137 leur donne des airs de trompettes de la mort.

La croyance aveugle au dogme officiel est fissurée, la critique fuse. Au niveau de l'Office National des Forêts, la gestion régulière et uniforme de grands espaces forestiers avec une essence principale de même âge est remise en cause au profit d'une forêt jardinée où l'on trouve au même endroit des arbres d'âge et d'essence différents. Beaucoup de noms d'oiseaux s'ébattent sous les ramées au cours de fougueux débats entre partisans de la biodiversité et artisans d'une sylviculture industrielle. Qu'une colombe trouve un terrain d'entente autour d'une réduction de la taille des parquets à régénérer et d'un allongement de la durée de régénération, des faucons de tous bords lui volent dans les plumes. Les passions que suscite la sylviculture dénoncent sa nature. Loin d'être une science de la forêt, elle est un procédé productiviste qui se sert de la forêt pour répondre aux besoins économiques du moment. La forêt vit bien mieux sans elle qu'avec elle.

L'agriculture, sa grande sœur, montre l'exemple. Le paysan se mue en exploitant agricole, renverse haies et fossés, arase combles et tertres, agrandit les champs à perte de vue. En quelques années, le maïs envahit la plaine d'Alsace et son atrazine pollue la nappe phréatique du nord au sud, la vigne étend ses lianes sur le versant des Vosges, le blé chasse seigle et avoine, le glyphosate pourchasse les herbages. Les vaches disparaissent du paysage, croupissent dans un enclos où le fumier sent moins mauvais que l'infect ensilage qu'elles ruminent. Adieu parcellaires en patchwork, rotation des cultures, jachères, amendements, vivent la monoculture sur d'énormes surfaces, l'engrais, les traitements chimiques.

Les gros épis blonds penchent lourdement la tête, ils épanchent leur chagrin de vivre entassés les uns sur les autres, à ne pas savoir se différencier l'un de l'autre, à savoir qu'être l'un ou l'autre n'a aucune importance. L'agriculteur pulvérise leur mal-être à l'aide d'étranges potions chimiques tellement bienfaisantes qu'il se couvre comme Saint Georges lorsqu'il les délivre. Tant pis pour le promeneur, l'abeille ou le bleuet, tant mieux pour le crabe qui se régalera des enfarinés qui mangeront ce blé sous forme de tartes, de pâtes ou de quenelles.

Même ceux qui cultivent à l'ancienne des prairies pour le bétail n'attendent plus que l'herbe mûrisse, ils la fauchent avant qu'elle ne rende ses semences à la terre. Dès fin avril, les graminées gonflées de nitrates et de potasse, sont enfermées dans de gros sacs en plastique qui les étouffent pour qu'elles ne puissent avertir bovins et ovins du danger de les manger. Les moissons sont presque finies quand Jean commence sa fenaison après que dactyles, brome, fléole, flouve, houlque, lotier, … aient fructifié le sol. Gorgée de soleil, l'herbe sèche répand une odeur à faire bêler de plaisir la gour-mette Fripounette. Chaque brin a gardé son parfum caractéristique de sorte qu'à la veillée de Noël le lait est aussi bon qu'au bal du quatorze juillet. Il est vrai que rares sont les fins becs qui en boivent au soir de ces fêtes, abondantes sont les gueules-de-bois du lendemain matin.

A la fin d'un hiver aux rigueurs particulièrement longues, le grenier se vide et le printemps tarde. Un paysan apporte une grosse balle de foin.

Veaux, vaches, chevaux, moutons affamés accourent en diable, hument cette denrée du bout des naseaux, l'avalent du bout des dents et la recrachent du bout des lèvres. Passer de Bocuse à une infâme gargote provoque colères, enflamme coliques. Tous entrent en carême et n'en sortent que lorsque Dieu chasse cet étouffe-chrétien. Connaissant le régime infernal que l'homme impose aux animaux, il prie la pluie d'interférer, elle tombe fine et chaude. L'herbe repousse sous les sabots du cheval. La balle de foin rend l'âme derrière un tas de buissons épineux où aucun bouc, si ardent soit-il, ne poursuivrait une chèvre en chaleur. Meuglements, hennissements, chevrotements, bêlements passent des larmes au rire. C'est la liesse, l'on fait table rase de cette manne céleste, chacun pour soi, sans foi ni loi. Le cochon s'y vautre, la vache s'y goinfre, le cheval s'y repaît tandis que, gavé, le veau dort au milieu des brebis égarées.

# Automne

Le soleil se fait vieux
Et les éclaboussures
D'un gros ciel pluvieux
Humectent nos blessures.

Voilà le bel automne.
Adieu, jours atones
Et torpeur estivale
Que le soir frais avale.

Déjà midi s'enrhume
Sur son matin de brume.
S'en va la douce brise,
Souffle la dure bise.

Les herbes s'ébouriffent
Mais les bois se rebiffent.
Brun, roux et or mordorent
Un vert qui s'évapore.

Bedonnent de murmures
Vergers et treilles mûres
Dont les fruits affriolent
Vingt et cent bestioles.

Puis la campagne jaunit,
La terre se dégarnit,
Seuls les corbeaux croassent
Dans l'hostile brouillasse

La glèbe se boursoufle
Sous ses hardes élimées,
Le hêtre l'emmitoufle
Dans sa coiffe écimée.

Les feuilles se cramponnent
Puis volent, tourbillonnent
Batifolent au-devant
Des folles lubies du vent.

Encore guillerettes
De tant de galipettes,
Elles posent leur robe
Sur le sol qui la gobe.

Une faune farfouille
Cette jonchée de rouille
Que des hargneux hachurent
Et des visqueux mâchurent.

Rostres et mandibules
de mille bêtes crochues
Rongent, désarticulent
Limbes et ramilles chues.

Y grouillent les vermisseaux
Chiant les morts en glaise
Quand dorment dans ce berceau
Les grains de la genèse.

Au grand cimetière
Des feuillages en charpie
S'ourdit le prochain tapis
Des fleurs printanières.

Le bois bruit de partout. Chênes, hêtres, châtaigniers se dépouillent de leurs fruits. Gros, gras, lourds, glands, faînes, châtaignes tombent dru. Ils dégringolent en ligne droite, s'écrasent brutalement sur le sol dans un craquement sec que des feuilles rabougries, couchées pêle-mêle au creux d'une ornière, atténuent en doux froissement et des fourrés épais en moelleux bruissement. Quel que soit le bruit de la chute, les marcassins s'entendent comme larrons en foire pour dévorer cette manne céleste que l'écureuil préserve pour l'hiver en camouflant quelques graines dans le nœud noir d'un arbre, sous une pierre ou dans une excavation. Mais, sa queue étant plus étoffée que sa tête, il oublie souvent les endroits où il a ensilé ses réserves et s'en mord les doigts quand le sol gelé est devenu plus dur qu'un caillou. A quelque chose malheur est bon. Il met en joie la petite souris nichant dans une cachette, il met en germes de futurs noyers, hêtres, chênes…

Plus fluets, les campagnols chicotent gravement. Une jonchée de pitance se trouve à portée des incisives, mais, faute de casque sur la tête, le moindre gland peut causer un traumatisme crânien. Est-il prudent de sortir ? Papa mulot serait partant, maman est contre. Elle a peur pour ses enfants, ses grosses fesses obstruent l'étroit goulot du terrier, ils lui passent sous le ventre, se glissent sous la mitraille, s'emparent d'un obus et l'emportent au fond de la cave. Vite fait, bien fait avant que les grès d'un quartanier ne culbutent l'humus.

Légères et frétillantes, les samares de l'orme ou du frêne volettent au loin, celles du charme, plus costaudes, se posent rapidement sur le flanc du coteau, regardant tournoyer au-dessus d'elles les escadrilles « d'hélicoptères » que les érables colonisateurs expédient de l'autre côté de la butte. Si les arbres ont un tronc et une tête comme nous, ils n'ont pas de pieds. On les croit alors sédentaires, enracinés dans le sol ancestral depuis des générations, sans esprit nomade. Il n'en est rien, l'arbre voyage à l'état embryonnaire. Éole transporte les akènes menus, les animaux se chargent des poids lourds et il n'est pas rare de voir se côtoyer dans une prairie abandonnée, des merisiers issus de noyaux déféqués par une martre, des chênes ensemencés par un geai et toutes sortes d'essences pionnières, frênes, saules, pins, bouleaux, amenées par le vent. Quand le chêne accueille sous son ombre des dizaines de petits charmes et le sapin des centaines d'épicéas, Jean se dit que la cruelle loi de la jungle est bien plus complaisante envers les migrants que celles établies par les nations civilisées. Peut-être qu'une plante a la sagesse de croire en la vertu de la diversité, connaissance que l'homme a perdue en bétonnant son espace de vie ? A voir les futaies régulières de hêtres, chênes, pins, non mélangées, quasi pures sans oublier les enrésinements monospécifiques, certains capitaines d'industrie forestière reflètent bien la dégénérescence humaine.

Le tintamarre des graines comble l'absence de babillages dans les branchages. En effet, beaucoup d'oiseaux possèdent une résidence d'hiver au bord de la Méditerranée où la douceur du sirocco amignonne les mauvais jours. Hier, hirondelles, bergeronnettes, fauvettes, gobe mouches, bruants et grives s'en sont allés ; aujourd'hui, sarcelles et oies gravent un beau « V », initiale de leur voyage, dans le gris des nuages ; les doctes grues indiquent leur direction en un « Y » où de tonitruants « grou » font lever les yeux au ciel. Jean les suit d'un œil attendri lorsqu'un épouvantable vacarme surgit d'un perchis de hêtres. Situés sur l'adret et dans un sol sablonneux, les arbres se sont déplumés très tôt et, dans ce tapis de feuilles mortes, une myriade de pinsons du nord gratte, creuse, cherche les faînes dans un charivari de piaillements, de froissements et d'échauffourées. Les anciens ont décidé de faire étape avant de repartir vers le sud. Pour beaucoup, c'est la première migration, alors il y a tant de choses à dire…

Jean s'assied sur une souche et se régale du spectacle sonore et visuel que lui offre cette troupe norvégienne, un nombre incalculable de taches noires, orangées, blanches, apparaît et disparaît sous la couche flavescente toute frissonnante de vie. Feuilles et plumes ondulent dans un guilleret bruissement d'eau. Au petit matin, le cirque lève le camp sous le guet du geai, toujours fidèle au poste, et les regrets des mésanges, tarins, sittelles, moineaux, troglodytes, verdiers, gros-becs, bouvreuils, …, ces pauvres qui, faute de moyens, restent au pays, forcés d'écouter les lugubres croassements d'une bande de braillards au pennage noir et au bec de sorcière.

En l'absence de plumages colorés, la canopée se peinturlure. S'il est normal que le vert pâlisse à mesure que la nuit envahit le jour, Jean trouve bizarre que, moins les feuilles se dorent au soleil, plus elles sont hâlées, basanées, boucanées. C'est que le vert bouteille a éclaté en mille morceaux. Absinthe, amande, anis, chartreuse, …, giclent sur les ramures, saoulent les boit-sans-soif qui s'enguirlandent de couleurs ictériques. Couperosés, cuivrés, cireux, arbres, branches, rameaux, feuilles entrent dans la joute des couleurs, chacun a sa bannière. Un patchwork disparate remplace l'uniforme olivâtre. Le vert se barbouille de jaune, rouge, brun, quatre couleurs de base sur lesquelles d'innombrables nuances de ton s'entortillent. Bigarrure, chamarrure, diaprure dévalent avec entrain les versants ensoleillés, gravissent avec lenteur l'ombrageux ubac.

Quand il voit la somptueuse robe dont se pare la forêt, Jean pense alors aux attributs sexuels secondaires des oiseaux : la calotte rouge vif du pic noir, le bec jaune du merle, la roue du paon... L'attrait des couleurs donne des yeux de Chimène aux femelles. D'autres enchantements existent, le chant du coq, l'empaumure du cerf, le parfum de la rose… Que sa perception soit visuelle, olfactive ou auditive, le beau stimule l'accouplement. Aussi, constatant que l'esthétisme est un facteur déterminant dans le choix du partenaire, Jean se demande si la forêt n'est pas en train de faire sa parade amoureuse à la terre afin qu'elle lui ouvre son ventre.

Ces fiançailles irritent le ciel. Il ne tolère pas que les limbes se fardent d'or solaire pour son ex-compagne. L'ombrageux ne supporte pas que les feuilles amollies la caresseront pendant que les rameaux griffus l'égratigneront. Sa sombre jalousie poisse sommités et sous-bois. Le soir, une brouillasse gravit la colline et noie chaque rameau dans une grisaille épaisse. En octobre, sonné par les douze coups de midi, le brouillard s'affale aux tréfonds d'une ravine, engourdi pour le reste de l'après-midi.

La forêt s'ensoleille. Chaque espèce a ses rites. Le limbe de la feuille du chêne s'ocre-t-il ? La nervure reste drue et consent à jaunir lorsque le brun l'englue. La rouille souille souvent l'ambre doux du charme mais ne macule guère orme et érable champêtres, trop rustiques. Avant d'aller en terre, le saule se cendre sous le regard de braise d'un merisier en guenilles. Frêne et aulne tentent de rester verts jusque ce que la chute des feuilles rougeoie les ronciers d'ecchymoses multiples, toutefois la forêt n'est à feu et à sang qu'au moment où la flamboyance des chênes d'Amérique coiffe le pourpre des cornouillers. Mordoré à souhait, l'arbre laisse le soleil s'endormir.

Novembre le déshabille, la terre nue attend que son chef la couvre de dorures pendant que ses racines fouaillent ses entrailles, bien à l'abri du ciel et de sa froide colère.

Quelques feuillus se rebellent et refusent de se décoiffer pour l'hiver. Ils revendiquent le droit de garder leur parure comme leurs confrères résineux. Leurs poils frisottent, grisonnent et campent sur les têtes chenues dans une longue marcescence pour obtenir gain de cause.

- *Chapeau bas !* disent les conifères complaisants, le mélèze joint le geste à la parole.

- *Il est devenu fou !* maugrée le sage sapin.

Au solstice d'hiver, son fils mourra à petit feu dans un salon où l'on beugle : *mon beau sapin, roi des forêts, que j'aime ta verdure.*

Fut-il bien fou d'être sage !

***Soleil frivole,***
*Tu passes Noël*
*Au haut du ciel,*
*Au chaud, loin d'ici*
*Où le froid durcit*
*Les coups de midi.*
*Le noir s'enhardit.*
*Ta sœur le zèbre.*
*Son accent, grave*
*Ou aigu, brave*
*Ceux des ténèbres.*
*Sa corne s'ancre*
*Dans la nuit sombre*
*Boit son sang d'encre,*
*Ourle nos ombres.*

*Voilà le printemps.*
*La vie morose*
*Se voit en rose*
*Car tu reviens*
*Chez les terriens,*
*Colores en vert*
*Les neiges d'hiver,*
*Découvres d'un fil*
*Les filles d'avril.*
*Sous tes caresses,*
*Les fleurs étalent*

*Leurs beaux pétales,*
*Les queues se dressent,*
*Prennent du bon temps.*

*L'été nous endort*
*Sous ta chape d'or.*
*Journées torrides*
*Sans tintamarre*
*Ni vent qui ride*
*La peau des mares.*
*Aubes câlines*
*Où s'acoquinent*
*Jour de mollesse*
*Et nuit d'ivresse.*
*Soirées magiques*
*Au bord des criques*
*Quand tu te baignes*
*Dans l'eau qui saigne.*

*Puis les feuillures*
*Brament vers l'ambre*
*De fin septembre.*
*Dans l'échancrure*
*De lourds nuages,*
*Tu les mordores*
*Et édulcores*
*L'épaisse brume*
*Qui les entrave*
*Et les délave.*
*Tu prends ombrage*
*Du vent vicieux*
*Qui les transhume*
*Sous d'autres cieux,*
**Et tu t'envoles.**

Avant la venue du père Noël, vers la fin septembre, le cerf déclare sa flamme à toutes celles qui ont des yeux de biche. Il sort des fourrés et campe en pleine lumière, au milieu de la clairière. L'air est vif, la lisière en beauté, le décor est en place pour le plus beau spectacle de l'année. Pendant trois semaines, chaque soir, Jean se cache aux abords de la scène réservée exclusivement aux hôtes de la forêt. Il a beau présenter patte blanche, il est *persona non grata.*

- *C'est le temps de l'amour, il n'y a pas de place pour ce tueur,* rait une vieille bréhaigne.

- *Mais il vit parmi nous et ne porte jamais de fusil,* rétorque un hère candide.

- *Ouais ! Sais-tu qu'il nous recense pour définir le nombre de têtes à abattre ? Son air bonhomme est aussi dangereux que l'indolence du lynx.*

L'aïeule a raison. Jean n'est pas contre le fait de saigner un animal, il égorge sans états d'âme lapins, poules, chèvres, veaux, moutons mais il n'aime pas l'ambiance de chasse. Il trouve naturel de giboyer pour se procurer de la nourriture et ne nie pas le sentiment de puissance ressenti quand une petite pression de son index sur la détente est capable d'enlever la vie. Et que dire de la jouissance d'un bon repas entre amis ? Songer au fumet d'un cuissot de chevreuil mitonné aux trompettes de la mort lui met l'eau à la bouche... Toutefois le plaisir de tuer pour tuer le révulse. C'est pourquoi il ne participe à aucune battue, si ce n'est pour contrôler leur régularité, et fuit comme la peste les repas festifs de fin de chasse. Chênes et sapins méchamment abroutis attestent la nécessité de réguler le gibier en l'absence de grands prédateurs. Il en est convaincu et participe à l'élaboration du plan de chasse tout en sachant qu'une meute de loups serait bien plus appropriée qu'une horde de nemrods.

Puisque la harde de biches refuse sa présence, Jean renarde astucieusement en se coulant dans le creux du rocher qui domine la place du rut. Chaudement habillé, enroulé dans une bonne couverture, il observe à la jumelle le cortège nuptial. La cérémonie commence au coucher du soleil. Durant toute la journée, des brames langoureux ont invité les biches à rejoindre l'aède. L'ouïe fine des dames aux longues oreilles leur permet de choisir leur amoureux sans même le voir. Les femelles accourent vers le mâle à la gorge profonde, ténors et barytons sont peu appréciés, il faut une intonation puissante et basse. A peine sont-elles arrivées que le cerf à la voix grave leur fait la cour dans des meuglements saccadés. Le spectacle est grandiose. Le roi promène ses seize cors au milieu du harem qui lorgne amoureusement ses larges empaumures. Autant ses épois et son cou massif jettent l'émoi sur la gente féminine, autant ils portent l'effroi chez ses virils concurrents contraints de rôder aux alentours sans oser aborder les croupes callipyges. Faute d'adversaire, il laboure le sol et, les andouillers couverts d'herbages, crie sans arrêt qu'il est le plus fort et qu'il ne craint personne. Survient un téméraire qui n'en croit pas un mot et lui fait savoir sur un air de défi. Ils tentent alors de s'impressionner mutuellement en haussant le ton à tour de rôle. En général, la voix rauque du vieux mâle suffit à dissuader le contestataire. Mais aujourd'hui l'antagoniste veut livrer bataille. Les merrains s'entrechoquent violemment, le nouveau venu comprend tout de suite que l'ancien est encore de taille à lui casser les reins, il s'enfuit piteusement sous le brame puissant du vainqueur qui le poursuit sans aller trop loin à cause de ces jeunes coiffés qui traînent aux alentours. Sans cesse aux aguets, il va, d'une biche à l'autre, humer leur odeur. Sitôt que l'une d'elles a ses chaleurs, il lui grimpe dessus et la saillit d'un seul jet, brusquement, sans préliminaires. Puis il pourchasse un daguet impudent, s'en revient renifler son cheptel, clamant constamment la puissance de ses organes. Mais à force de courir au-devant des mâles et de sauter sur le derrière des femelles, il perd du poids et son attention de sorte que, en fin de période, il n'est pas rare que des rivaux, moins cornus et plus patients, content fleurette à quelques égarées. *Patience et longueur de temps font plus que force ni que rage...*

Ayant débuté sa carrière sous le règne de son arrière-grand-père, un magnifique dix-huit cors, Jean connaît bien le roi des animaux. Peut-être était-il le faon qu'il a découvert, un matin de juin, encore tout mouillé dans sa livrée tachetée ? Il se contenta de le regarder sans le toucher, sa maman qui trépignait dans le fourré voisin l'eût abandonné sur-le-champ. L'instinct de survie étouffe l'instinct maternel quand l'odeur du prédateur imprègne le pelage du bébé.

Il se souvient encore du tumulte causé par le premier brame de sa vie forestière. En poste depuis quelques mois, il s'en va écouter les ébats amoureux du cerf. Le halo lumineux de la pleine lune guide ses pas sur le large chemin de vidange mais, dès qu'il pénètre dans le sous-bois, l'obscurité l'oppresse. Le néophyte trébuche à tout moment sur des branches mortes, titube sur une souche et tombe lourdement dans une ornière. Il se relève et reste immobile contre un gros sapin. Dix minutes plus tard, de sourds craquements, ses membres se recroquevillent, une odeur de fauve, les jambes vacillent, un terrifiant mugissement, les yeux se vrillent. Le faraud prétendit longtemps que le souffle de la bête lui hérissa les poils. Pourtant, un quart de siècle après, ils rebiquent toujours à la moindre évocation de cette aventure. Le couard était à contrevent et le bruit provoqué par sa démarche lourdaude l'avait fait passer pour un concurrent.

La trouille de sa vie.

L'émerveillement aussi. La brume chargée d'exhalaisons sauvages, la forêt ténébreuse, la voix rogue des mâles, le froissement furtif des biches buissonnières, la majesté des cerfs… Et puis ces claquements d'enfourchures contre empaumures, corps à corps puissants, cors à cors blessants…

La brutalité des coïts hante encore ses rêves lorsque les femelles enfantent sous le doux soleil de mai. La nostalgie le gagne et il remercie le ciel de ne pas avoir donné de grandes oreilles poilues aux filles. Doté d'une voix de casserole, le bougre n'aurait jamais pu amener Brunette ou Blondinette au creux de son rocher où, cachés sous la couverture, se dressent poils et ...

Que de baisers volés avant que ne s'envolent les feuilles aux quatre vents !

S'en va la brise, s'en vient la bise. Deux sœurs jumelles bien différentes, l'une est douceur, l'autre est douleur. Leur père Éole, un peu tête en l'air, a

inversé leurs prénoms. La brise bise la fleur en jachères, la bise brise le cœur des pierres. L'une
chatouille, effleure, ensoleille, l'autre enrouille, effeuille, gerce oreilles. Par crainte de s'endurcir, de
peur de s'adoucir, elles ne peuvent cohabiter. Alors
elles se partagent les saisons, l'été pour la câline,
l'hiver pour la féline, avec passation de pouvoir en
automne et au printemps. Contrairement aux deux
premières saisons que le chaud ou le froid clouent
sur place, immobiles comme des étoiles, les deux
autres périodes gigotent de partout.

En mars, le monde souterrain rêve d'aller au
ciel, les graines germent, les tiges montent si haut
qu'elles grattouillent le bas des nuages. Loirs et
blaireaux sortent des terriers. La forêt se remplit de
gazouillis, les migrants babillent aux autochtones
combien les voyages forment la jeunesse, les
dames disent aux messieurs, sédentaires ou
nomades, qu'ils sont fort jolis, les nids se greffent
aux branches, les oisillons pépient de faim,
chenilles et papillons bercent leur chanson.

En automne, le monde céleste retourne sous
terre. Chacun cherche un antre douillet car tous
savent d'instinct que le sol est une bonne couette
pour passer l'hiver à l'abri du froid, surtout quand
une jonchée de feuilles le recouvre. Pendant que le
berger descend son troupeau de la montagne, la
bise plaque au sol la robe des feuillus et le corps
tout entier des plantes annuelles. Elle gifle, mord,
rafle. Un après l'autre, les pétioles craquent, les
limbes tombent, valsent au vent dans une
étourdissante danse de la mort. Bref vertige de
liberté, les feuilles sang et or voltigent autour des
tiges, marivaudent sur la terre qui les brunit avant
de les manger. A grands bruits, le groin du sanglier

retourne cette couche mortuaire où grouille la vermine, morne vestige du prestige de l'automne.

En octobre, tout tourbillonne. Fin novembre, la hêtraie effeuillée semble un tombeau. Coprins, pieds bleus, lactaires, cortinaires sortent la tête pour dire que la vie est tapie sous la litière. La brise du printemps la fera jaillir jusqu'au ciel. Une farandole de fils de la Vierge annonce déjà son assomption.

### Jour des morts

*Claquent les portières,*
*Crissent les pas, s'enterre*
*Dans le cimetière*
*Un tas de pots de terre.*

*Le chrysanthème en fleurs*
*Se mouille souvent de pleurs*
*Quand l'effluve du défunt*
*Traînaille sous son parfum.*

*Des érables surplombent*
*La croix moussue des tombes*
*Où les visiteurs du jour*
*Reviendront pour toujours.*

*Le vieux sycomore*
*N'a nul besoin de marbre*
*Pour que se remémore*
*La demi-mort de l'arbre.*

*Traversant sa tonsure,*
*Pluie et bourrasque croquent,*
*Morsure par morsure,*
*Le bas de sa défroque.*

*Les feuilles se recueillent*
*Dans l'ambre et la moire*
*Avant que ne les cueillent*
*Les trois funestes Moires.*

*Le froid jaunit le limbe*
*Que l'air frais couperose*
*Et que la brume nimbe*
*De taches de nécrose.*

*Voyant que s'étiole*
*Le vaillant pétiole,*
*Une bise le brise.*
*La feuille lâche prise,*

*S'envole vers la lune,*
*Tombe sur un mausolée*
*Où on la prie d'aller*
*Dans la fosse commune.*

D'année en année, la chevelure de Jean s'éclaircit. Son corps prend la forme des vieux sapins à la crête dégarnie, au tronc lourd et noueux. Sa jeune chienne *Lolotte* lui redonne ses vingt ans. *Kouki, Chloé* l'ont quitté depuis longtemps. *Garou*, un beau berger allemand jeté au coin d'un bois un matin de juillet d'une portière de voiture encombrée de valises, s'est éteint à son tour. Pendant une dizaine d'années, il dormit dans le couloir durant la saison froide sans jamais franchir le seuil interdit de la cuisine. Un matin, il ose. Boitant bas, il vient se blottir aux pieds de Jean en train de prendre son petit déjeuner et lâche un énorme pet puant.

- *Sors d'ici !* aboie Jean en lui bourrant le flanc. Garou gît, mort.

Le fidèle compagnon est venu mourir aux pieds de son maître rongé du remords d'avoir donné un coup de savate à celui qui cherchait une main caressante.

La lune s'arrondit maintes fois avant que n'arrive Lolotte. Elle ronflotte dans la niche de Garou, rêvasse, parle à l'araignée qui lui gobe ses mouches :

*Si tu voyais ma maman, comme elle est belle dans sa robe pure laine de Labrador ! Mes six frères et sœurs ont sa prestance. Dernière de la portée, noire aux reflets chocolat, museau aplati et queue bouffie, j'ai l'impression que maman m'a bercée trop près du mur, à moins que ... ce corniaud sans papiers du bas quartier... Non ! Maman n'a pas pu tromper son noble fiancé.*

*Vilaine parmi les belles, il me faut éveiller la tendresse de mes pairs par mille facéties.*

*Lorsque ce soudard de forestier visite ma maison, je lui mordille les lacets et fait pipi sur la languette de ses chaussures. Elles sont déjà crottées, pourquoi se gêner ? Du coup, il me choisit et m'emporte dans les bois.*

Jean est content d'avoir déniché ce chiot malin comme un singe. Il est vite obligé d'installer des boutons en olive sur les serrures afin que les pattes griffues ne puissent se poser sur les clenches et ouvrir les portes. Plus têtue qu'un baudet, Lolotte n'aime pas être seule. Grillage d'acier, porte en bois, collier de cuir ne lui résistent qu'un temps. Si ses dents ne peuvent limer la chaîne, ses cris déchirants finissent par convaincre Jean de la laisser aller à sa guise à condition de revenir au premier sifflement. Cette entente durera seize ans, sans anicroches.

Ils partent dès l'aube, s'enfoncent dans la forêt, l'un sous les arbres, l'autre sous les buissons, jamais trop près, souvent aux alentours, parfois très loin. Ils se retrouvent à midi autour du feu des bûcherons et déjeunent à tour de rôle, il mange pendant qu'elle somnole à ses pieds, miettes et rogatons sont activement recherchés durant la sieste des commensaux. Au grand dam de celui qui oublie de ranger son sac à provisions. Le soir, elle est sur ses talons dès qu'il approche de la maison. Quelquefois, au cours de travaux dans des forêts lointaines et inconnues, elle n'est pas aux côtés de Jean au moment d'entrer dans la voiture. Les fumets d'un cerf, une galerie de blaireaux, un essaim de guêpes l'ont dévoyée. Le soir tombe. Avant de partir, il enlève son maillot de corps et le dépose au pied de l'arbre le plus proche. Il la découvre au petit matin, pelotonnée sur son habit. Leur entente est distante et cordiale, enfin presque… Il leur arrive d'avoir de sérieuses scènes de ménage. Particulièrement ce lundi où il part sans la prendre dans le coffre de sa voiture. De rage elle déchire draps et serviettes pendus au fil à linge. Et quelle engueulade ce dimanche midi où elle engloutit jambon et fromage entreposés devant le four à pain ! Fort heureusement, elle n'aime pas les anchois. Pizza napolitaine pour tout le monde. Comme une hirondelle sous un ciel d'orage, la goulue rase le sol, évite le coup de pied vengeur et s'enfuit digérer son larcin à l'abri d'une volée de bois vert pendant qu'un hôte facétieux décortique le mot « pique-nique » en le faisant correspondre pile-poil à l'événement. Le rire entrouvre les bouches affamées, le beaujolais s'y faufile et la voleuse est pardonnée.

Le lendemain, Lolotte s'en va en forêt avec son maître comme si de rien n'était. Mais Jean n'a plus l'entrain de ses débuts. L'Office National des Forêts rencontre d'énormes difficultés à boucler son budget annuel. L'établissement public entreprend d'accroître le volume de bois coupés et de diminuer les travaux de régénération. Augmenter les recettes et freiner les dépenses devient une course sans fin où les courbes s'écartent dangereusement. L'une monte abruptement, l'autre tombe à pic. Le diamètre d'exploitabilité des arbres, c'est à dire la grosseur maximale qu'un tronc doit atteindre pour que sa valeur économique soit la plus rentable, rétrécit à mesure qu'augmente la dette. Ce qui fait que la maturité économique d'un arbre survient bien avant qu'il n'atteigne l'âge adulte. Cette absurdité dictée par un besoin urgent d'argent frais n'est pas seulement antiécologique, elle nuit également aux intérêts financiers du propriétaire.

Quelle aberration d'enlever une plante à son milieu au moment où elle commence à redonner à la terre tout ce qu'elle lui a pris pour se construire une forte ossature !

Quelle crétinerie d'évaluer la rentabilité d'un arbre en fonction de la largeur de ses cernes d'accroissement annuel ! Si un chêne de cinquante centimètres de diamètre a un accroissement annuel de 3 millimètres et qu'un autre de cent centimètres ne grossit que de 1,5 millimètre, le plus vieux prend autant de poids. Un bon gestionnaire a intérêt à laisser vieillir une chênaie étant donné qu'un arbre de 50 cm de diamètre à hauteur d'homme et d'une longueur de fût de 18 mètres met quatre-vingts ans à produire un volume de 2,3 m³ alors qu'avec le même laps de temps supplémentaire, ses 85 cm de diamètre procurent 6,6 m³, ce qui signifie que la deuxième période double quasiment sa production ligneuse et surhausse sa valeur puisque les accroissements à grain fin et régulier sont mieux appréciés.

Le malheur veut que l'Office National des Forêts ne soit pas propriétaire des forêts qu'il gère, le long terme ne l'intéresse pas, seul l'équilibre de son budget annuel le préoccupe…

Les forestiers de terrain n'acceptent pas cette vision à court terme et revendiquent que la prise en compte de l'intérêt économique et écologique de la forêt supplante les intérêts immédiats d'un établissement public aux abois.

Les personnels représentent quatre-vingts pour cent des dépenses de l'office. Avec l'arrivée des voitures de service, l'informatisation et la modernisation des outils de gestion, il est relativement possible de réduire ces coûts d'autant que l'État entreprend de supprimer un fonctionnaire sur deux qui partent à la retraite. C'est méconnaître la subtilité des stratèges-maison. Les ingénieurs des Eaux et Forêts tiennent à leur gâteau et comme les fonctionnaires de terrain de catégorie C sont les plus nombreux, ils élaguent scrupuleusement les C appelés à faire connaître leur droit à la pension en remplaçant méthodiquement le deuxième par un cadre A dont le salaire de début de carrière talonne celui d'un garde-forestier en fin d'activité et les primes mirobolantes avoisinent celles cumulées des deux partants. Avec l'augmentation du point d'indice et le glissement par ancienneté, les charges du personnel s'accroissent annuellement.

Petit à petit l'établissement prend des aspects d'armée mexicaine. La gestion de la forêt se virtualise à défaut d'hommes sur le terrain.

Il eût été tellement plus rentable d'enlever deux, trois étages à cet édifice où se marchent dessus sept échelons hiérarchiques.

Jean comprend très tôt qu'une barque avec quatre barreurs et trois rameurs va à la dérive. Malgré leur courte espérance de vie, l'établissement public ne récoltera pas les douglas qu'il est en train de planter. Trop lourd, le bâtiment coulera avant qu'ils ne donnent du bois pour étayer sa coque. Il sait aussi que l'esprit conservateur des Eaux et Forêts tue tout espoir de changement interne. Que faire face à ce sombre avenir ? Sauver les meubles en mettant les personnels de terrain en condition de gérer sainement les forêts dans les nouvelles structures qui s'établiront après la chute de l'ONF. Il faut donc agir sur deux leviers : vulgariser la gestion écologique des forêts et responsabiliser les gardes-forestiers.

Seul, il ne peut rien. En groupe, peut-être. Il se lance dans le militantisme syndical. La moitié de la semaine, il descend de sa montagne et monte à Paris dans une tour en béton où la langue de bois est la langue officielle. L'art de parler pour ne rien dire entre difficilement dans la tête d'un homme qui n'ouvrait la bouche qu'après y avoir tourné sept fois sa langue. Esquiver les questions dérangeantes, noyer le poisson, dire des vacheries sans un seul gros mot, parler pointu sont des éléments de langage policé, inusité chez les campagnards qui ont des difficultés à canaliser dans des paroles le flot de leurs pensées. Elles sortent de la bouche après une longue parturition ; excepté jurons et borborygmes, aucune ne naît prématurée. A cause d'une borne renversée, un empiétement abusif, le paysan riverain venait chez le père après le repas de midi. La cafetière remplie d'eau infusée de malt torréfié, de chicorée bouillie et de marc de café chantait du matin au soir sur le coin de la cuisinière. Le petit Jean cherchait un verre, la boîte de sucre et versait à boire à l'arrivant. Deux morceaux de sucre plongent dans le verre et la petite cuillère chuinte longtemps avant d'en sortir. Une fois humidifiées, les lèvres se desserrent, en sortent quelques banalités sur la pluie et le beau temps suivies d'un silence où bourdonnent les mouches. Puis la maladie du vieux Joseph ou la sixième grossesse de la femme à l'Arsène sont évoquées :

- *Ils auront ben la veine d'avoir enfin un garçon...*

Nouveau bourdonnement des mouches et bruits de vaisselle. La mère tend l'oreille derrière son évier, le père ne pipe mot. Il attend. Enfin l'arrivant fait mine de se lever pour partir, se rassoit et crache en une courte phrase l'objet de sa visite. Long recueillement, brève réponse, tope-là, l'affaire est réglée.

Avec un tel héritage, Jean n'a pas la langue bien pendue. Il lui faut une période d'acclimatation, disent-ils, de dénaturation, pense-t-il. Il sort d'une forêt foisonnante d'odeurs, gazouillis, frotti-frotta qui chantent la vie et se retrouve dans une salle aseptisée, pleine de mots creux. Il y a de quoi s'assoupir, surtout qu'aucun froufrou de diptère ne réveille son attention. Il s'accroche et, peu à peu, son épiderme se transforme en peau de vache, cuir imperméable aux réactions à fleur de peau. Dos ronds et ronds-de-jambes galbent les raideurs d'un homme droit dans ses bottes, un sourire éblouissant voile les éclairs de deux yeux coléreux, les récriminations s'enrobent de circonlocutions, le bourru joue les célimènes.

A vue de nez, le rustaud s'affine. De colloques en séminaires, il est à deux doigts de boire du thé à la place du gros rouge qui tache. Le savoir-vivre des salons feutrés a la redoutable capacité de changer le vin en eau. Cependant le miracle n'aura pas lieu, congrès et meetings lui rappellent que le rouge est la couleur du drapeau de la révolte.

Il prend de la bouteille, se drape de rondeurs et finit par adopter le gouleyant débit de ses adversaires. Se tarissent les engueulades homériques noyées au fond du verre qu'il buvait fraternellement avec celui qu'il avait agrémenté de moult noms d'oiseaux dont *butor* et *triple buse* n'étaient pas ceux qui volaient le plus bas. Tout est lisse, pas une ride sur le front, un poing sur la table, un mot plus haut que l'autre. Patronat et syndicats se séparent, sourire aux lèvres.

Sourires assassins. On serre symboliquement la main de l'adversaire faute de pouvoir étreindre le cou de l'ennemi. Propre sur soi, sale dedans. La crasse du dessous des ongles s'est estompée dans la noirceur de l'âme. Les méthodes de management modernes proscrivent la violence, le bourgeois dominant prescrit sa façon de parler. Doux dans la forme, dur sur le fond. Cette méthode lui permet d'ouvrir de faux dialogues où il ne lâche rien. Les civilités lui sont propices car, indispensables dans un monde en paix, elles sont incongrues sur un champ de bataille.

- *Tirez les premiers, messieurs les nantis !*

Avec ses régiments d'experts, son entregent politique, l'odeur de son argent, le patronat, qu'il soit incarné par un individu, un consortium ou l'État, tire à boulets rouges sur la valetaille qui peine à enrôler des troupes peu désireuses d'être de la chair à canon. Les centrales syndicales sortent les militants du terrain pour en faire des ronds-de-cuir experts en dossier. Pots-de-terre contre pots-de-fer, la lutte des classes est non seulement perdue d'avance mais les syndicats, ayant siphonné leurs représentants charismatiques sur les lieux de travail, sont déconnectés de la base. Il est urgent d'inventer de nouvelles formes de lutte. D'autant que la violence, éjectée du langage, est larvée dans les tripes des deux interlocuteurs car le possédant a autant d'ardeur à défendre ses privilèges que le défavorisé a de la rancœur à ne pouvoir améliorer sa condition sociale. Elle couve sous le vernis social. Quelquefois une étincelle jaillit. Le patron casse un délégué trop entreprenant, le délégué lacère la chemise d'un patron. Unanime, la presse bien-pensante vilipende le second sans un regard pour le premier. Le culte du paraître donne plus d'importance à une chemise en lambeaux qu'à un être en morceaux. D'autres fois, instants trop rares, une lave brûlante, épaisse et ravageuse, immerge la rue. La colère est difficilement endiguée par des forces de police de plus en plus nombreuses à protéger les privilèges d'une minorité de riches.

Jean se sent à l'aise dans cette rude bataille. Il y nage comme un poisson dans l'eau, truite vive quand les crues des mobilisations de terrain sont poissonneuses, carpe vorace dans la mare boueuse des réunions bipartites. Au rêve du Grand Soir de ses prédécesseurs, il préfère le labeur répété des petits matins qui donnent quelques grains à moudre aux salariés. Il a la chance d'être entouré d'une bonne équipe, les uns capables de réfléchir plus vite que l'adversaire, d'autres espiègles en diable pour jouer des tours de cochon aux responsables, tous déterminés à défendre jusqu'au-bout forêts et forestiers. Avec cette bande d'écolo-anarcho-syndicalistes, il s'en va ferrailler à cœur joie.

Ayant suivi le même cursus universitaire, il assimile très vite la phraséologie du décideur qui dit « peut-être » en pensant « non ». Rare est le « oui », si fluet qu'il doit être promptement couché sur du papier, si volatil qu'il faut l'engluer d'encre indélébile. Dès qu'un mot se met au futur, genre « on verra », il est mis en liberté conditionnelle avant d'être convoqué à une audience fixée sine die qu'il attend dans un obscur tiroir où il meurt abandonné à son sort. Conjuguer le présent avec des gens qui tiennent au passé, même imparfait, n'est pas non plus un cadeau, mais Jean se fait une raison. Ses interlocuteurs dont les épaules ploient sous les galons ont déjà bien du mal à mettre à l'indicatif cette ribambelle de verbes usités quotidiennement au mode impératif.

Les crânes d'œuf débitent leur savante logorrhée tant qu'ils suivent les lignes tracées par la société. Ils préfèrent naviguer sur les méandres d'une rivière paresseuse mais ils ne craignent pas un torrent tumultueux si son lit est bien marqué. Arrive une inondation, jaillissent des sources nouvelles et leurs compétences chavirent.

Les terribles ouragans de Noël 1999 balaient leur arrogante vanité. En quelques heures, le tiers des forêts métropolitaines est hachuré. Pendant des jours, ils se tiennent cois, atterrés. Atchoum ! Atchoum ! Deux puissants éternuements d'Éole ont coupé le souffle à ces maîtres en art de brasser du vent. Un profond calme d'après tempête règne dans les bureaux des directions alors que les forestiers de terrain, quoique choqués, se retroussent les manches pour déblayer les chemins et secourir d'éventuelles victimes.

Quoiqu'il ait vécu trois tempêtes depuis qu'il est garde-forestier, Jean est groggy. Celle-ci est d'une telle ampleur que la moitié de son triage est broyée. Ce satané *Lothar* déboule le lendemain de Noël sans pieuse considération pour Saint Étienne qui donne un jour férié à l'Alsace. Jean fait une petite promenade de santé en forêt avec Lolotte, histoire d'aérer un peu son foie gavé de celui d'une oie bien grasse. Vers neuf heures, il rencontre des chasseurs. Suivant la tradition locale, ils donnent à manger au gibier en ces fêtes de Noël qui sont judicieusement suivies du jour consacré au massacre des Saints Innocents. Les nemrods sont dans le même état sanitaire que lui. Visages jaune citron, yeux injectés de sang, paupières tombantes. De belles gueules de bois dans un écrin de verdure. Le temps est calme, l'air est frais. Ils se moquent alors des météorologues qui annoncent de violentes perturbations. Or, dressant l'oreille, ils entendent un bruit de fond, lointain, ressemblant étrangement à un bruissement d'essaim d'abeilles. La bizarrerie du son stimule la prudence, chacun rejoint ses pénates au plus vite. A onze heures, *Lothar* frappe aux portes, les volets claquent, les murs le prient de rester dehors. Son souffle est fort et régulier, de gros sapins plient sans grand souci. Ils en ont vu d'autres. A midi, ils commencent à geindre, tous couinent, aucun ne se démantibule. Craignant ce vent à décorner les bœufs, Émilie est rentrée dans l'étable, le cheval dans l'écurie et les cochons dans la porcherie, les brebis restent couchées au milieu du pré. Leur toison moutonne sous les rafales dont le sifflement perce la maison de part en part. Personne ne s'affole, le ciel ombrageux finira par se calmer.

Le vent redouble d'effort. Les rameaux dansent d'ouest en est en d'amples mouvements. Les têtes se décoiffent, les branches maîtresses redoublent de vigilance, les fûts sont sans inquiétude, ils suivent parfaitement le rythme d'une valse endiablée. Les troncs se courbent et se relèvent en chœur, prestement, souplement. Le spectacle est wagnérien, mais ce ne sont pas les Walkyries qui arrivent, c'est Lothar dans un rock'n'roll sauvage. L'air s'emballe, pirouette, tournicote, virevolte. Trop vite pour le vieil épicéa qui se casse les reins, le hêtre voisin s'affale sur lui, cul par-dessus tête, le pin garde les pieds sur terre mais perd la tête qui s'envole au-dessus d'un tilleul dont le tronc s'entortille et explose en mille morceaux. Patatras ! Quels que soient l'essence, la grosseur, le mode de culture, le versant, là où le tourbillon passe, tout trépasse. Jean regarde, fasciné, un vieux chêne isolé. Ses ramilles s'envolent aux premiers coups de vent, des branches craquent mais les grosses résistent. Et vas-y que je te le malaxe, le pousse à gauche, à droite, devant, derrière, passant instantanément d'un point à l'autre. Il se voûte, s'arc-boute, confiant en la qualité de ses racines. La bourrasque n'ignore pas que ce mastodonte n'a pas de talon d'Achille, elle sait également que, à force de se tordre le cou pour se moucher dans les nuages, sa longue colonne vertébrale s'est fragilisée, c'est là qu'elle porte le coup fatal. En un tour de main, elle vrille ce tronc géant qui perd ses boyaux en un râle effrayant. Au même moment, la toiture en tôles s'arrache de la grange et s'abat sur un cerisier qui meurt aussitôt. A peine a-t-elle tout mâchouillé que la diablesse s'en va dévorer d'autres proies, sa longue queue serpente à travers le champ de bataille, quelques tiges frétillent, quelques branches sautillent avant de claboter. Puis plus rien ne bouge sous un silence de mort. Tapi dans les étoiles, nul oiseau ne chante un hymne mortuaire. Il n'y a plus âme qui vive. La colline est défigurée. Byzance au matin, Verdun l'après-midi. Chênes, hêtres, sapins s'enchevêtrent les uns dans les autres. Face à la mort, ils se sont agrippés les uns aux autres mais l'union de ce peuple pacifique était une force insuffisante, la violence leur a montré de quel bois elle se chauffe : du bois d'allumettes. Quelques chandelles de pins montrent leur assassin. En vain, il a décampé.

Jean est anéanti devant un tel carnage où, pêle-mêle, gisants et orants sans tête sont la preuve irréfutable de l'inanité de son rôle de gardien du temple forestier. A cet instant précis, il ne croit plus en rien. Un quart de siècle passé à bichonner, jour après jour, cette colline, fustiger la hiérarchie trop âpre au gain, secourir les petits chênes étouffés par les rejets de charme, réguler les hardes de cerfs, s'est évaporé en de menues secondes. Devant ces géants morts, le néant l'habite, ses yeux hébétés regardent sans voir. Il s'assoit, se recroqueville et reste hagard pendant un long moment. Le vide se remplit lentement de chagrin. Il entre au goutte-à-goutte, en sortent des larmes, en trombe comme la tempête, en nombre comme les trépassés.

Le meuglement d'Émilie le ramène à la vie. L'étable n'a plus de toit, il faut protéger le foin du grenier. Il sait qu'il ne peut compter sur l'aide immédiate de quiconque, chacun doit être occupé à réparer ses propres dégâts, les bûcherons sont réquisitionnés pour dégager les routes…

Tout d'abord Jean rampe plus qu'il ne marche sur le chemin encombré de troncs d'arbres jusqu'à une place de parking pour voir s'il n'y a pas d'éventuelles voitures garées et des promeneurs en difficulté. Personne. Il remonte à la maison forestière et fait le tour de la ferme.

R.A.S.

Volailles, ovins, caprins, sont sains et saufs. Une poignée de picotin rassure Liane très fébrile, une volée de graines rameute les poules éparpillées, de l'orge moulu réconforte moutons, cochons et Émilie. Deux rangées de bottes de paille couvrent le foin contre la pluie. La grande échelle est sortie et la trentaine de tuiles qui se sont envolées du toit principal malgré une bonne attache avec un fil de fer sont remplacées. La nuit tombe, si légère après la tempête que nul ne la remarque, le sommeil s'est enfui avec le vent.

Dès l'aurore, Jean se faufile dans le fatras qui l'encercle. Lui qui arpentait les lieux, les yeux fermés, se perd dans cet agglomérat horizontal dont les monticules de dix mètres de haut rappellent la verticalité antérieure comme si les géants voulaient garder de la hauteur en se ratatinant. Les cadavres s'entassent sur les blessés, il passe sur les uns, sous les autres, traverse des îlots déchirés, des coteaux malmenés, des fonds de vallée sauvegardés, miraculés d'une déflagration aussi ravageuse que celle Hiroshima. La vieille futaie avec ses boulevards à la Haussmann est devenue un capharnaüm sans ruelles avec des pâtés d'immeubles pulvérisés en un amas sans nom. A première vue, la moitié des gros arbres est restée debout, les arbres de lisière ont résisté et les jeunes bois, profitant des leçons de La Fontaine, ont plié, tel le roseau, pour ne pas rompre. Hêtres et épicéas déracinés gardent un tronc non endommagé, la plupart des pins sont cassés en deux, une chandelle fichée au sol et un volis envolé au diable vauvert. Les chênes ont connu différentes fortunes. Hors du passage du tourbillon, ils restent intacts ou légèrement mutilés. Dans l'emprise du vent fou, certains sont des chablis vautrés de tout leur long sur leurs voisins, d'autres sont brisés en leur milieu, les moins fortunés sont éventrés, concassés, émiettés. Quelques saules et bouleaux, plus souples, gardent espoir de survivre à leurs blessures.

Le vieux chêne, roi de la forêt, est debout, sa couronne est de guingois et plusieurs écorchures empanachent les crevasses de son écorce. Jean se love dans ses contreforts, en quête de réconfort.

*- Pourquoi ce carnage ?*

Le roi ne répond pas. L'arbre ne parle pas, ne pleure pas, il est tout le contraire de ce petit bonhomme qui se targue de régir l'univers et s'effondre dès qu'il éternue. Il sait que cet amoncellement de morts fécondera la vie dans un dynamisme aussi puissant que la dynamite du cataclysme. L'espoir d'une résurrection rode déjà autour des trépassés. Si des milliers de tiges gisent à terre, la forêt n'est pas mortellement touchée, elle renaîtra de ses cendres. La confrérie des arbres est plus importante que l'arbre. Abeilles et fourmis ont tenté de la copier. Dans un essaim ou une fourmilière, les individus sont tellement unis et interdépendants que c'est le groupe qui est l'être vivant et non l'insecte. Cependant, alors que les animaux sont inféodés à une reine avec des castes bien définies, la forêt est une démocratie où le roi joue un rôle d'apparat. Cette cité radieuse exige que chaque citoyen soit libre de se reproduire et de grandir en s'adaptant à son entourage. Autonomie et solidarité s'imbriquent harmonieusement.

Serait-elle ce paradis perdu le jour où nos ancêtres ont quitté les frondaisons et que nous essayons de reconstruire artificiellement en copiant son architecture ? Bangkok, New-York, Shanghai érigent sur des milliers d'hectares des tours de fer, béton, verre qui grattent le ciel à la place des séquoias, fromagers, okoumés. Sous elles, le soleil perce faiblement les vitrages d'immeubles plus modestes. Au ras des pâquerettes poussent des rez-de-jardin qui se raréfient à mesure que se densifie la canopée des buildings. Les feuilles mortes ne jouent pas longtemps sur le trottoir, elles disparaissent aussi vite que sur un mull tropical dans lequel grouille une masse d'animaux plus nombreux que ces bipèdes qui se meuvent dans des boites à quatre roues, sur des engins à deux roues ou errent à pieds entre de gros boyaux qui les avalent et les recrachent. Ils vont et viennent en tous sens, apparemment sans devant ni derrière, comme des vers de terre.

Au milieu coule une rivière…où se déversent caniveaux et ruisseaux.

Du copié-collé ?

Pour l'heure, les égouts n'ont pas le goût d'une source d'eau pure. La sève ne coule pas entre le crépi et la pierre, les énormes métropoles asphyxient alors que les espaces boisés piègent le carbone. Le gigantisme a pourtant les mêmes effets. Les arbres dominants ne peuvent compter sur le vent pour disséminer leurs graines. Tels les habitants des tours, ils ont recours à diverses interventions. Singes, insectes, concierges, grooms assurent le service. A mesure que l'on monte en puissance, le besoin d'assistance se fait sentir. Pleins de sagesse, les poids lourds sauvages restent au niveau du sol, l'éléphant laisse le papillon batifoler dans la canopée. Gros lourdaud, l'homme a tendance à monter sur la plus haute branche pour montrer sa richesse. Gare au vent mauvais !

La cité radieuse est en vue. Tuiles et ardoises se couvrent de plaques assimilant le soleil, les nouveaux bâtiments débordent d'énergie, des abeilles emmiellent les toits. Bientôt les conducteurs de voitures propres stigmatiseront ces pollueurs de cyclistes prodigues en gaz carbonique, la terre ensevelie sous le béton ressuscitera et couvrira son tombeau de légumes et de fruits. Déjà les villes sont plus fleuries que les campagnes aux herbes coupées trop tôt, les arbres envahissent les avenues quand les bocages disparaissent. Mais le chemin est long avant que l'être humain puisse édifier un monde libre sans frontières ni barrières. Il sait élever des tours qui dominent les arbres mais il ignore comment faire pour que chacun puisse vivre en harmonie sans cloisons isolantes. Murs, dalles, planchers, plafonds entassent les gens les uns sur les autres, les uns à côté des autres, de manière hermétique. La forêt a réussi à s'étager en différentes strates exemptes de séparations opaques, les différentes espèces s'imbriquent les unes dans les autres, chacune a adapté son métabolisme à la densité de la lumière, les essences d'ombre ne s'étiolent pas sous leurs congénères ensoleillées. Certes la concurrence existe, le combat est rude, beaucoup meurent pour assurer l'équilibre du climax. La lutte pour la vie individuelle est toujours soumise aux besoins du groupe. La loi de la jungle n'est pas un affrontement aveugle du type de la lutte des classes humaine. Parce qu'elles sont là depuis plus longtemps que nous, les plantes ont appris à s'adapter et à former une société harmonieuse. Nulle frontière physique n'existe entre elles, tout est jeu de lumière. Elles se touchent, se frottent, s'enlacent, entrelacent leurs racines dans une grande quiétude et n'hésitent pas à venir en aide à une voisine en difficulté. Le tombeau des morts sert de berceau aux graines. Dans les troncs éventrés entreront des myriades de bestioles, bactéries, champignons ; y germeront des jonchées de graines, en sortiront une infinité de plantules. Chaque cadavre accouchera d'une multitude de nouveau-nés.

Jean connaissait parfaitement ce processus mais la bourrasque avait mis sens dessus dessous ses neurones. L'écorce rugueuse du vieux dur-à-cuire le ramène à la réalité. Il comprend alors que sa courte vue de bipède humain voit une catastrophe dans ce que la forêt perçoit comme une péripétie aléatoire. Qu'importent les vingt-cinq ans rasés en quelques secondes, un quart de siècle n'est que le dixième de l'âge du chêne. Ce n'est pas le forestier qui est important dans cette situation, c'est la forêt. Étant donné que chaque intervention humaine amoindrira la force du renouveau naturel de la forêt par la rafle de matières végétales, il est urgent de ne pas se précipiter mais de procéder avec prudence et circonspection.

Jean remonte à la maison forestière, prend sa tronçonneuse et commence à dégager la route à la rencontre des bûcherons qui opèrent depuis le bas de la vallée. La jonction a lieu le lendemain, une bonne bouteille de vin fête l'événement.

Curieusement, aucun animal blessé ou agonisant, n'est découvert. Par la suite, pas une charogne n'empestera les gros arbres éventrés, nul squelette de cerf ou de sanglier ne blanchira le sol moussu. Les oiseaux reviendront aussi mystérieusement qu'ils avaient disparu. Se sont-ils terrés dans les jeunes peuplements pour éviter le drame ? Leur sixième sens leur a sauvé la vie, à l'inverse de cette pauvre dame écrasée par un peuplier tombé sur sa voiture. Le bûcheron qui l'a désincarcérée en tremble encore.

Aussitôt que les voies d'accès principales sont dégagées, les forestiers se regroupent. Le moral est en berne. Ils sont aussi démontés que leur forêt, désemparés face à cet énorme mikado qui jonche leur triage et cette direction si alerte à leur taper sur les doigts en cas de dysfonctionnement et si peu pressée de donner un coup de main pour un bon fonctionnement. Leur raison d'être est à terre. Jean sent immédiatement qu'il faut canaliser ce désarroi dans une colère contre une hiérarchie plus prompte à sévir qu'à servir. C'est maintenant ou jamais que sera obtenue la reconnaissance des hommes de terrain par l'octroi du statut du cadre B de la fonction publique. La Lorraine, riche en forêts publiques fortement touchées par l'ouragan, sera le levain qui fera monter le mouvement revendicatif de ces hommes des bois qui, sans bois, sont aux abois. Leur représentant syndical, tribun dans l'âme, a l'art de fustiger leur besoin de reconnaissance. Le rôle de Jean sera d'allumer cette flamme dans toutes les régions et d'établir un rapport de forces favorable à l'obtention de concessions.

La moitié de l'année, il s'en va prêcher la bonne parole. De combles obscurs en crêtes pelées, il visite la France profonde. Sans Lolotte mais avec son odeur que reniflent tous les chiens de rencontre. Les craintifs se contentent de flairer les mollets, prudemment, par derrière. Les hardis plantent impudiquement leur truffe dans l'entre-jambe obligeant leur propriétaire à tirer sur la laisse avec des cris d'indignation. Les affectueux sautent au cou dans de baveuses léchouilles et des couinements de joie. Tous offrent l'occasion de nouer contact avec leur maître. Les babillages sur la phobie du facteur, l'attirance des flaques d'eau, la gloutonnerie, glissent rapidement sur des propos plus intimistes qui alanguissent souvent le cœur de Jean et raidissent parfois une partie de son corps quand la maîtresse au doux minois bichonne lascivement sa petite boule de poils. A japper d'envie d'être momentanément un joli Bichon blanc.

Une nuit entre deux trains dans la gare de Perpignan, les chiens de deux mendiants lui font l'aumône de quelques puces quand débarquent des pandores qui les chassent manu militari hors du hall vide malgré une pluie battante. Jean a beau protester, affirmer qu'ils voyagent ensemble, leur remugle les trahit. L'odeur de la pauvreté est plus âcre que celle d'un chien mouillé, insupportable au nez raffiné des nantis.

### Chienne de vie

« *J'crève la dalle,*
*T'as pas cent balles ? »*

*Sur le chemin*
*Un homme*
*Sans home,*
*Visage*
*Sans âge,*
*Me tend la main.*

*Le souillon*
*En haillons*
*Chaparde*
*Le trottoir.*
*Des hardes,*
*Des mégots*
*À gogo,*
*Des croûtons*
*Pour les rats*
*Et des draps*

De carton
Affectent
L'austère
Artère
En infect
Dépotoir.

Les marchands
Enragent,
Supplient
Qu'il plie
Bagages.
Il poisse
Et froisse
le client.

Le bouffi
En fait fi.

S'égaillent,
Sous sa binette,
Bouteilles,
Flasques, canettes,
Au fil de l'eau
Du caniveau,
Toutes vides.
Lui est plein
Et se plaint
Du sordide
De se trouver
Sur le pavé,
La braguette
En goguette,
Gémit,
Vomit,

*Vocifère*
*Sa misère*
*Sur le dos*
*Des badauds.*

*Le vin*
*De midi*
*Étourdit*
*En vain*
*L'ennui*
*Qui grève*
*Ses rêves*
*De nuit.*

*Dans sa bouche*
*Peu farouche,*
*Deux chicots*
*Quémandent*
*Humblement*
*L'argent.*
*Leur écho*
*Gourmande*
*Rudement*
*Les gens*
*Qu'horripile*
*La sébile.*

*Je hais la trogne*
*De cet ivrogne*
*Au vin mauvais*
*Et je m'en vais*
*Sans verser le sou*
*Aux doigts calleux*
*Qu'un clebs galeux*
*Lèche par-dessous.*

*La bête*
*M'embête.*

*Sa langue*
*Caresse*
*L'exsangue*
*Détresse*
*D'un être*
*À terre.*

*Sa babine*
*Questionne.*
*Est-ce l'autre,*
*Le vil sans-dents,*
*Qui se vautre*
*Dans la crasse*
*Ou l'impudent ?*

*Sa rétine*
*Sanctionne.*
*Le moins que rien*
*A plus de chien.*

*La queue basse,*
*L'ours mal léché*
*Est déniché.*

Au hasard des rencontres, il lui arrive de faire de profondes confidences à des inconnus qu'il ne verra plus et qu'il taira à jamais Ces épanchements ne paraissent guère étranges à un homme qui a l'habitude de se livrer aux arbres. La méfiance initiale que suscite l'altérité génère, dès que le sentiment de sécurité revient, un désir d'authenticité. Les êtres qui nous ressemblent le moins invitent à nous remettre en question. Leur prêter une oreille révise notre jugement sur des idées reçues. Au niveau des humains, l'autre me dit que j'existe, plus il marque sa différence, mieux je m'identifie :

- *Je suis parce que tu es, surtout si tu suis ce que je hais.*

Habitué à observer la nature, Jean adore dévisager ses semblables, envisager ce que recèlent cernes et rides. Le visage est la partie du corps qui met en contact, le lieu où l'on se découvre. Voiler ce qui nous dévoile sème le trouble. On ignore qui se camoufle derrière une cagoule mais on sait qu'il a l'intention d'enfreindre la loi. En cette occasion, l'énergumène effarouche, l'on se figure le pire puisque, sans face, il efface toute trace de reconnaissance qui le rendrait redevable de ce que l'on voit. Une femme qui dissimule sa frimousse dans la banalité du quotidien ne fout pas la frousse, elle met mal à l'aise. Le niqab ne se contente pas de la rendre quelconque, il nie son existence. Perdre la face humilie, anéantit. La personne devient personne. Bien plus conséquente qu'un affublement d'amples vêtements ou d'un hijab contestant la civilisation du paraître et de la séduction, la défiguration est une négation de l'individu. Ces silhouettes sans minois réveillent les âmes damnées des « gueules cassées » de la Grande Guerre si désireuses de recouvrer la dignité d'un visage humain. Le fichu ne cache pas une affreuse balafre de la bouche, la blessure est ailleurs, sous d'autres lèvres. Mutilée, masquée, la femme parvient encore à toiser le mâle dominant quand deux yeux de braise, soulignés de khôl, lui disent que sa chair, son sexe, prétendus faibles, sont plus forts qu'une loi phallique.

Chacun cherche le regard extérieur pour exister. Les bellâtres exhibent muscles et cuisses, les laiderons font de l'esprit. Quelle que soit l'amorce, l'autre est appâté pour assouvir le besoin de communiquer. Mais que l'on soit amoureux fou, intarissable bavard, impudique en diable, il reste toujours un jardin secret dont la porte ne s'entrebâille que sur le divan d'un psychologue ou dans le confessionnal d'un religieux. L'étranger possède parfois cette mystérieuse clé qui ouvre le moucharabieh de nos pudeurs.

Un matin, dans un vieux wagon brinquebalant sur les rails corréziens, une jeune femme, crinière léonine, œil de jais, cils de Tarentaise, dénude son âme à un Jean qui lui confesse ses phantasmes les plus secrets. A mesure que la discussion s'enfonce dans l'intimité, deux yeux reluquent la jupe de cuir de plus en plus mini, mais mains calleuses et ongles vernissés prennent soin de ne point se toucher. Le bouche-à-bouche profanerait la pureté des mots, l'instant sacré doit rester impalpable, comme l'air où s'envolent leurs confidences. Tous deux prennent le contre-pied des amants. Les amoureux transis se touchent, se lèchent, se dévorent, sans proférer un seul mot. Eux gardent la distance corporelle nécessaire au bien-être de leur personnalité, interstice nécessaire à l'élan que leurs paroles doivent prendre pour sauter les garde-fous du subconscient.

A la gare de Brive, ils se quittent sans adieu, pas même un prénom à garder en souvenir. Quelques jours plus tard, ils se recroisent par hasard dans le métro parisien. Tous deux se voient et s'ignorent. Ils se sont tant livrés que l'autre doit rester anonyme, sans risque de retour de flamme. Ils pressentent aussi que leur tête-à-tête ne peut finir en corps-à-corps, la sexualité leur montrerait l'abîme qui les sépare après l'illusion orgastique de ne faire qu'un. Ils veulent surtout garder l'idée d'avoir communié avec le diable. Instant magique où le for intérieur n'a plus de murailles. Cette correspondance exceptionnelle ne peut se reproduire entre eux, l'altérité n'est plus assez forte, ils sont redevenus semblables.

Les arbres sont des êtres tellement dissemblables des humains qu'ils provoquent souvent cet abandon de soi. Quoi de plus étrange, de plus mystérieux qu'une forêt ? Quand elle a perdu sa virginité, et dieu sait combien les vierges sont de plus en plus rares en ces temps de viols collectifs aucunement punis, elle conserve son caractère allogène de communauté pacifique. Sa force tranquille rassérène le promeneur, ses racines l'enfoncent dans son moi profond, ses troncs extirpent le subconscient, sa chevelure emmêle ses pensées. La forêt est une sorte de forum où il n'y a pas de tribunal, son attachement à la démocratie laisse tout un chacun libre de ses opinions, elle n'est pas un lieu de jugement mais d'entendement. A l'écoute de soi, le flâneur glane des mots sans paroles, s'immobilise au creux d'un rocher, son corps rejoint la terre mère, son âme est dans les nuages, tel un arbre. La paix le gagne, il est en harmonie avec le milieu, avec lui-même. La cuirasse se dépose, le cœur s'effeuille.

À l'ombre du vieux sapin, Jean se souvient de l'odeur un peu entêtante de l'inconnue. Une visite chez Marionnaud lui dénicherait le nom du parfum. Il n'en fait rien, sa confidente doit fleurer la discrétion si elle veut exhaler le doux souvenir de leur communion. Il discerne par contre chaque fragrance boisée de la forêt. Les exhalaisons si distinctes des houx, ifs ou tilleuls contribuent à le mettre en correspondance avec la nature. La disparité des couleurs, le foisonnement des essences, l'entrecroisement des branchages, la multiplicité des troncs créent une auréole qui l'isole des regards de ses semblables et stimule le bonheur de vivre. L'omniprésence, apparente ou cachée, des êtres disparates qui l'entourent lui procurent la sensation d'exister. Les méditations forestières baignent Jean dans une certaine légèreté. Tout le contraire de celles des déserts où le silence des étoiles résonne comme un glas dans ses esgourdes ensablées. L'immense vide rend humble au point de se soumettre à un dieu vengeur, le décor sans fioritures impose d'aller de but en blanc à la question existentielle :

- *Qui suis-je ?*

La terre dénudée, le ciel pur dépouillent les corps, l'âme erre à la recherche d'un sens.

Face à cette soif d'absolu, l'exubérance sylvestre apporte une touche de relativité. On se fiche du pourquoi, on se délecte du comment. La méditation est contemplative, les idées traversent les chairs, une jouissance physique égaie l'esprit. Alors que la solitude met l'esprit aux aguets, questionne sans arrêt, l'harmonieuse luxuriance rend quiet. Jean savoure son unicité au milieu de ces vivants multiples, hétéroclites dont l'interrelation rend la vie possible. Être en odeur de sainteté avec son environnement est sa seule religion. L'autre est son dieu. Un dieu protéiforme ou des dieux étranges et affins, inconstants et immuables. Monothéisme et polythéisme alternent selon que l'on folâtre dans la nature tout entière ou marivaude avec une entité, l'amour étant le trait d'union, sorte d'attraction qui rend les atomes crochus et les âmes éperdues.

Cet amour de la forêt, Jean le partage avec de nombreux collègues devenus forestiers par passion et refusant l'échelle sociale par ambition de rester sur le terrain. Ses longues pérégrinations à travers la France lui font rencontrer foison d'hommes des bois aussi diverse et pittoresque qu'une flore malgache. Pieds sur terre ou têtes en l'air, ils ont le béguin de leur métier. Qu'ils parlent avec des mots d'intellectuels ou bredouillent un jargon de tous les jours teinté d'accent local, leurs lèvres s'ensoleillent sous deux yeux enfiévrés lorsqu'ils évoquent « leur » forêt. Le pronom possessif traduit une double jouissance, celle physique d'y vivre et celle mentale d'avoir la charge d'un bien pour le rendre bonifié. Ils ne possèdent rien, ils sont possédés, viscéralement attachés à leur territoire, surtout les locataires d'une maison enracinée dans la forêt. Des parfums fleuris, boisés, résinés s'entortillent dans leur tignasse. Beaucoup se mouchent dans l'air, d'une brève et forte expiration, tantôt une narine, tantôt l'autre, sans l'aide des doigts, maudissant les kleenex et sortant leur mouchoir à carreaux quand les gens récoltant leurs embruns les admonestent sur les trottoirs urbains. Invités dans le beau monde, le peigne et le loden du dimanche les camoufle en demi-mondains mais le couteau tiré de la poche et posé à côté de l'assiette les trahit avant même que le potage ne soit servi. Le chant de l'aube des grives musiciennes et la petite musique de nuit du rossignol les poussent à avoir un violon d'Ingres et quelques artistes en herbe deviennent des Paganini de la nature. Savants qualifiés en champignons, humus, mousses, fougères, coqs de bruyère, lynx, ours, oiseaux, …, ils entrent dans la fanfare des experts internationaux où ils allient leur art de vivre en solitaire à la reconnaissance sociale. Sans tambour ni trompette.

La plupart des forestiers préfère la musique de chambre aux grandes orgues, un sanglier ronfle sous la table d'une cuisine, le chou est psalmodié comme un dieu guérisseur dans une petite chapelle, des milliers de livres insonorisent murs et meubles de la maison… L'originalité est monnaie courante chez des gens vivant en marge de la société de consommation. L'un refuse de monter dans un train à grande vitesse quitte à mettre dix-huit heures pour aller à Paris, l'autre survole sa forêt à bord d'un ULM, un troisième la parcourt accompagné de son cochon domestique, un quatrième est toujours à cheval, qu'importe la monture si les chemins mènent à la défense de la forêt. Leur humble apparence cache un orgueil démesuré dans lequel se lovent la fierté de jouir de la vie sans entraves et la prétention d'être le maillon de la chaîne qui relie l'homme à la forêt.

Dès l'aube, le chant des grives leur épargne le babil du réveille-matin. Ils n'ont pas de montre, ils vivent dans l'instant présent. L'aiguille qui trotte sur le cadran horaire semble bien futile à ces coureurs de bois qui tutoient les siècles, bien plus importante est la météo du jour où, quand il fait beau, le soleil sonne l'heure et, par temps de chien, le creux de leur ventre grogne qu'il est midi.

Chacun se voit en dernier rempart contre l'appétit des industriels et premier de cordée pour guider leurs semblables dans la recherche de leurs racines. Le ramage des oiseaux, le brame du cerf, la cueillette de myrtilles, l'amanite tue-mouches, le mystère de la nuit charment les enfants. Des discours plus réfléchis sur l'écosystème forestier attirent les adultes. Un gland peut expliquer la chaîne alimentaire ou la reproduction sexuelle des plantes. Lierre et gui disent la différence entre un commensal et un parasite. Un bousier roulant sa boule de merde éveille immanquablement la curiosité, parler pipi-caca réjouit extrêmement les nostalgiques du stade anal que nous sommes.

- *Excrêmement*, galèje Jean.

Tout le monde connaît le vrombissement des grosses mouches vertes autour d'une crotte encore fumante. On dirait qu'elles sortent du trou du cul puisqu'elles sont présentes sitôt l'étron lâché. Moins connus, plus légers, jaunâtres ou brunâtres, d'autres diptères gratinent instantanément les bouses de vache. Un urbain ne peut imaginer qu'un tas de fumier soit la meilleure table du monde. Évidemment, la pestilence des lisiers du bétail empâté par ensilage n'invite pas à y mettre le nez. Un fumier de bovins nourris au fourrage naturel ne sécrète pas non plus des effluves d'herbes de

Provence mais, comme dans l'humus des bois, ce lieu recèle la plus grande concentration au monde d'animaux. Le détritus des uns est la tambouille des autres. L'activité humaine renverse cette règle d'or de la nature. Nous sommes la seule espèce qui mange ses propres déjections :

*Sur des tas putrides*
*Que fouillent les verrats*
*Grouillent de sales rats*
*Aux flancs noirs de vide.*

*Le gueux y ripaille,*
*Mâchouille épluchures,*
*Rognures, râpures.*
*La faim le tenaille.*

*Ordures de nantis,*
*L'infecte poubelle*
*Remplit la gamelle*
*De frustes appétits.*

*« Qui dort, dîne » lui dit*
*Un repu de la rue*
*Tandis qu'un vin bourru*
*Assoupit l'engourdi.*

*Un ventre aux creux hideux*
*N'a aucune oreille*
*Et on lui conseille*
*De dormir sur les deux...*

Qu'ils soient gazeux, liquides ou solides, nos immondices menacent notre propre survie et celle d'autres genres, mais pas celle de la planète qui survivra aux mammifères comme elle a survécu aux dinosaures. Ne la rudoyons pas trop ! Notre brillant esprit se croit au-dessus d'elle. Quand nous deviendrons trop nuisibles, elle asphyxiera, noiera, affamera, assoiffera les primates, sous-ordre des mammifères. Leurs résidus serviront de base à d'autres espèces.

Au-delà des propos classiques sur les scatophages et le recyclage des matières organiques se parachevant invariablement en considérations eschatologiques sur l'avenir de la terre après la disparition de l'homme, Jean titille l'auditoire en discourant de façon saugrenue sur la façon de déféquer.

A ses yeux, la gestion de notre sphincter anorectal marque une différence non seulement entre l'homme des bois et l'homme des villes mais aussi entre l'homme et l'animal. Le fion est l'organe qui résiste le plus longtemps à la maîtrise de l'enfant et qui échappe le plus vite à celle du vieillard cacochyme. Aussi l'homme civilisé le contrôle avec dureté et lui impose des retenues contre nature. Certains ne le laissent s'exprimer qu'une fois par jour, à heure fixe, la quasi-totalité réprouve ses pétarades et, à défaut de les abolir, tente de les assourdir par le bruit de la chasse d'eau qui n'est pourtant pas plus attrayant.

Exhibant de sa poche quelques feuilles de papier-cul roulées en boule, Jean certifie qu'il pose culotte à l'endroit même où l'envie lui prend. Sans attendre. Si la pente est trop raide, son bâton sert de béquille. Son chien se couche un peu plus loin. Ils font leurs gros besoins de la même façon. Accroupis. La peur tripale de ne pas avoir la plénitude de ses moyens quand le colon se vide impose de se planquer. Mais le forestier n'adopte pas les us et coutumes de son compagnon qui, comme le blaireau, aime exhiber ses laissées. Bien moins coûteuses mais aussi efficaces qu'une muraille de Chine, leurs crottes marquent leur territoire.

*- Attention, si tu franchis la frontière, tu vas être dans la merde !*

Jean préfère la discrétion du chat sauvage qui enterre soigneusement ses excréments afin de ne pas se faire repérer. Une pierre, quelques feuilles cachent caca brun et papier blanc. Mais ce camouflage provient surtout d'une certaine abjection de ce que son corps produit. D'où vient ce dégoût des matières fécales ? Est-il culturel ou naturel ?

Beaucoup de penseurs ont cherché la spécificité de l'*homo sapiens*, l'un a songé à l'utilisation du pouce pour créer des outils, un autre au rire, un troisième au langage, un quatrième à l'intelligence, un énième à la prise de conscience…. Ne faudrait-il pas compléter cette liste par le fion humain qui est le seul troufignon du monde animal à ne pas être auto-nettoyant ? Son ancêtre néandertalien l'était-il déjà ? Son sphincter s'est-il atrophié à mesure que s'hypertrophiait le cortex ? Peut-être qu'un régime alimentaire riche en fibres végétales éliminerait les impuretés des selles qui souillent l'orifice ? Pour l'instant, chaque trou-du-cul garde son mystère.

Nos aïeux qui se couvraient de peaux de bêtes, de braies ou de hauts-de-chausse bien larges connaissaient peu cette jaunissure sur le devant et cette brunissure sur le derrière de la culotte mou-lante. Le slip a exacerbé le besoin de s'essuyer après usage. Or, il suffit de remonter au temps pas si lointain où la calotte imposait la culotte aux habitants de la brousse africaine pour constater que celle-ci était essentiellement destinée à cacher le sexe. Mis dans un même sac, culs, verges ou vagins sont de sales organes que l'on réprime avec vigueur. L'interférence de la propreté et de la pudibonderie ouvre la voie à un puritanisme spirituel qui place l'excrétion de nos besoins, tant sexuels qu'excrémentiels, dans un cul-de-sac. Au grand désappointement de nos cousins Bonobos qui règlent beaucoup de leurs problèmes en faisant l'amour, se battent en duel, pénis contre pénis, plutôt que de croiser le fer. Ces membres de la famille des Hominidés mettent en évidence que sabre et goupillon ne sont pas les plus belles prothèses dont l'homme s'est affublé.

# *Hiver*

En hiver, tout se fige.
Se raidissent les tiges,
Se glacent lacs et
ondes,
Même la lune ronde
Gèle et se burine
Dans sa courbe chagrine

Les cieux se cotonnent
Quand la température,
Descend plus bas que
terre
Et le givre tricote
Dessus le sol austère
Une drue couverture
Qui poudre et dorlote
Ceux qui s'y
pelotonnent.

La pure innocence
Des neiges opalines
Étouffe les outrances
Des gelées cristallines.
Une gaillarde roideur
Viole tous les rôdeurs,
Bleuit les joues,
fouaille
Les chairs, tenaille et
mord
Tant fort que gicle la
mort
Au tréfonds des entrailles.

Bien à l'abri du froid,
Poulardes, dindes et
oies
Plaignent la gélinotte
Mais déjà la cocotte
Brûle de les mitonner
Dans la grande
cheminée
De petit papa Noël.
Entre deux rots et trois
pets,
Le vieil ogre cruel
Concocte des chants de
paix
Que beuglent en
harmonie
Les familles réunies.

Crève de chaud le sapin
Et meurt de froid le sans-pain,
Cette douce et sainte nuit
Immole tous nos ennuis.

La montagne regarde ses pieds poisseux. Un soleil radieux caresse le flanc des Vosges, un océan de brume inonde la plaine d'Alsace. La rase campagne est en deuil. La blonde Lorelei pleure son fleuve aux lacis sauvages que l'homme a claquemuré dans un profond canal. Chaque hiver, elle remonte le Rhin, crache son crachin nordique sur les rives enrochées, noie aulnes et saules dans le gris de ses larmes. Triste pèlerinage où l'humide grisaille s'infiltre dans les veines des passants. Tous courent au plus vite, seuls flânent des malheureux aux joues couperosées et des promeneurs d'animaux incontinents. Dès que la crotte fume sur le trottoir, chiens et maîtres s'enkystent dans leur maison chauffée à blanc tandis que les sans-abris regardent les cheminées exhaler le noir de leur misère. Jour et nuit, la lumière blafarde des lampadaires éclaire villes et hameaux. Bois et guérets s'habillent de givre en espérant que la neige blanchira la grisaille de leurs ramures. Elle ne tombe guère et la mélancolie sombre dans cette faille où l'opaque brouillasse émousse la pointe des clochers.

Plusieurs centaines de mètres plus haut, la nature est au septième ciel. L'air bleui par le froid donne un regard d'acier semblable à celui des aigles qui planent sur les Alpes. On voit distinctement les crêtes enneigées de leurs plus hauts sommets, à croire qu'elles ont écrasé les plis jurassiens en se rapprochant des Vosges. L'azur de janvier est plus dur, plus pur que celui de juillet. Le gel colle à la motte la poussière que la chaleur estivale élève jusqu'aux nuages, la bise plaque sur terre les particules récalcitrantes, la lumière se glisse dans le vide, la clarté est parfaite. Tant mieux pour la buse perchée sur le cerisier car peu de campagnols mettent le nez hors de leur trou, il ne faut pas rater les maigres intrépides dont quatre pattes percluses de froid tentent de donner vie à un ventre mort de faim.

### *Pluviôse.*

*Sous cieux, sans fin*
*Croassent les freux,*
*Leurs râles affreux*
*Se meurent de faim.*

*Gros ventre vide*
*Et bec avide,*
*L'œil noir regarde*
*Le jour qui mange*
*Les nuits blafardes.*

*Quand dure l'hiver,*
*Geais et mésanges*
*Volent de travers.*
*Tant gèle le froid*
*Qu'ils marchent sur l'eau,*

Tant pèle l'effroi
Qu'il glace leurs os.

Hors des entrailles
Nourricières
L'air vif tenaille
Troncs, peaux, pierres.
Nul ne gazouille
Dans la nature
Mais les vers grouillent
Sous les pâtures.

La vie s'enterre
Au fond des caveaux
Et la mort erre
Sur côtes et vaux.

Le vent cravache
La pie bravache,
Le loir s'engonce
Et l'ours s'enfonce
Dans sa caverne.

Ceux qui hivernent
À ciel ouvert
Cherchent un couvert.

Blottis sous les pins
Par peur du fusil,
Biches et lapins
Roidissent transis.

Fort dure est la dent
D'un gel trop ardent.

Les nuits translucides portent au loin les hululements lugubres de la chouette. Les soirs de pleine lune, son ombre furtive ondule sur les arbres en suivant les oscillations de son cri. Le chat-huant se transforme en terrifiant fantôme qui donne voix à la mort.

- *Houhou ! Où-où êtes-vous ?*

Les pelotes de réjection attestent que le noir sied bien à la grande faucheuse.

Tombe du ciel le blanc qui adoucit le froid. Tant la rosée amollit l'herbe durcie par la torpeur de l'été, tant la neige attendrit les rigueurs de l'hiver. Ne voulant pas être capturée par la glace d'une mare, l'eau des nuages se fait duveteuse. Elle prend son voile de mariée pour venir épouser la terre promise, la couvre de baisers si légers que la taupe au nez fin ne sent pas qu'un mètre de neige la recouvre. Jean court comme un enfant sous les premiers flocons, sa bouche essaie de les avaler au vol, bientôt sa main les malaxera, toute la famille s'ébattra, se battra dans une pluie de projectiles s'éclatant sous les rires. Même Lolotte essaiera d'attraper les boules avant qu'elles ne tombent, les broiera de plaisir et se roulera lascivement dans cette ouate miraculeuse.


*Nivôse.*


*Le ciel se teint de noir*
*Et bave un blanc d'espoir.*
*Les nuages bouillonnent,*
*Les flocons tourbillonnent,*
*S'embrasent sous la bise,*
*S'embrassent à leur guise.*

*Le blanc s'immobilise.*
*Bandant les hêtres gelés,*
*Pansant la terre pelée,*
*La gaze cicatrise*
*Les horribles blessures*
*Des dures gélivures.*

*Pelotonnée sur le dos*
*D'acacias, d'érables*
*Ou d'ifs, la neige saute,*
*Sitôt que l'air tressaute,*
*Sur le pif ou le râble*
*D'acariâtres badauds.*

*Elle enjoue les enfants*
*À les rendre maboules*
*Du doux de son mou chauffant*
*Les joues, chatouillant les doigts*
*Gourds d'où sourd l'allègre joie*
*De la mettre... en boule.*

Quel vertige d'errer en forêt quand les flocons tombent dru ! Les arbres sont des squelettes, leurs bras levés au ciel accueillent gaiement cette manne céleste avant de se pencher et menacer de cueillir l'imprudent voyageur. Jean perd ses repères, les pas s'alourdissent, le cou s'enfonce dans le pull, les muscles se raidissent. Un obscur instinct le pousse à ne pas s'arrêter de peur de s'enrocher, figé à jamais par le froid qui pénètre déjà le haut de son épaule et le bout de ses pieds. C'est un des rares instants où il sent la nature hostile. Il n'est pas le seul. Plus un oiseau ne chante, les sangliers sont tapis, le blaireau est dans son terrier. Un léger frisson glisse le long de sa colonne vertébrale quand il tombe dans une ravine, le regard aveuglé par cette pluie de blancheur. Nul effroi ne le glace, nulle panique ne l'échauffe. C'est l'inquiétude d'un enfant devant une mère qui gronde, il sait qu'il n'est pas en danger mais ne supporte pas cette avalanche de reproches et se dépêche de rentrer trouver la chaleur du poêle en feu qui cautérisera cette griffure au cœur à mesure que le gros orteil se désengourdira.

Quel bonheur de voir au lever du jour un ciel et une terre immaculés ! Le blanc éblouit le bleu, les yeux plissent mais ne se ferment pas. Chacun est bouche bée devant un tel spectacle. Le coq en perd son cocorico matinal. Ébouriffé sur sa branche, le bouvreuil reste coi, le chevreuil ne se lèvera pas de la journée et les corneilles attendront midi pour croasser leur irrépressible désir de mettre des pattes de mouche sur ce tableau de maître. Le silence sautille de brindille en brindille, léger, aérien comme celui qui s'envole des yeux de celui qui découvre un trésor. Un paysage s'est créé durant la nuit, nul ne bouge dans ce monde inconnu. Jean profite de ces heures où la nature s'engonce dans un hiératisme précautionneux pour chausser ses skis et découvrir ce nouveau continent. Le silence se rompt sous le crissement des spatules que la neige amollit avant de l'étouffer. Aucun bruit ne doit profaner l'instant sacré de la création. Nouveau Paul Émile Victor parcourant le Grand Nord, il rencontre le pur, l'absolu. Une beauté virginale s'offre à lui, sa peau est soyeuse, sa chair est moelleuse, ses baisers sont frais. L'extase est à son paroxysme. Il s'enfonce en elle, de plus en plus profondément, en jouit intensément avant que les sales pattes d'une infâme créature ne viennent souiller cette chasteté, sans voir sur son derrière les deux longues griffures qui marquent son viol.

En cet instant qui suit l'abondante chute de neige, la sérénité qui règne en forêt ne provient pas de cette stabilité issue de la complexe interaction des êtres qui la composent. Habituellement, l'exubérance crée l'harmonie de cette cité où la violence de chaque individu en lutte pour la vie est soumise à la loi du milieu, le climax. Quiconque brave l'ordre établi subit les foudres de l'écosystème. Virus, bactéries, insectes, vents, sécheresses, inondations auront raison de l'hubris d'une espèce envahissante. La myxomatose régule la prolifération des lapins, la peste extermine les sangliers, le bostryche défonce les champs d'épicéas, le soleil brûle le roseau, la pluie noie la verge d'or… Toutefois un barbare ose perturber la magique tonicité de cet équilibre. L'homme, qui a perdu le sens premier de ce mot en ne sachant plus comprendre le langage des plantes ou des animaux et qui prouve, jour après jour, que la cruauté n'est pas le propre d'un être qui tue pour son salut mais celui d'un sadique qui éventre la terre, étripe les esturgeons, décapite les arbres, égorge ses semblables sans raison vitale, a quitté le sauvage pour être ce barbare. Un jour, vents, sécheresses, inondations auront raison de sa folle démesure.

Ce matin, la luxuriance se tapit sous une couche uniformément blanche, rien ne bouge sous ce linceul mortuaire, l'harmonieuse communauté des vivants s'est fondue dans un tout où vogue le néant. La forêt est une, indivisible. Son manteau aqueux la rapproche de l'océan, immensément grand, foncièrement instable. On s'y enlise comme dans les sables du désert. La temporalité a disparu avec les habitants des lieux, l'éternité tombe sur les épaules de Jean. Le vent le soulage quelque peu de ce poids angoissant. Lassé de ne rencontrer aucune âme en peine, il tue l'immobilité du temps en se jouant de l'instabilité du substrat où il sculpte vagues, dunes ou congères. Jean ne s'arrête pas, non pas par crainte du froid, son corps bouillonne. Il sent que, sous la molle immuabilité des lieux, l'épie la Belle au Bois Dormant. Sombre, secrète, pudique, elle est l'inverse de la pulpeuse sylve à la peau laiteuse qui badine avec lui. Il a hâte de la réveiller d'une douce pensée, aussi jouissive que les baisers de Blanche-Neige, moins charnelle, plus viscérale. Chaque pas est une quête mystique de cette obscure puissance qui hante la nature et son ventre sans jamais se montrer. Loin de l'inconstance de la mer où le doux bercement de la houle se creuse soudainement en vagues titanesques, au contraire des ergs étouffant à midi ceux qu'ils ont gelés à minuit, la forêt n'exhale aucun danger. En cet instant précis, la vigueur qu'elle dégage boute hors des bois l'artificialité des peuplements purs imposés par le forestier et redonne âme à cette désolation. Sa force n'est nullement menaçante, elle n'a ni griffes ni becs crochus. Sans armes, langoureuse, elle capture tout être qui pénètre son silence ouaté. Monte alors du tréfonds de soi, cette petite voix qui quémande le chemin à suivre pour trouver un sens à la vie. Jubilatoire copulation de la nature sauvage et de l'homme raisonnable où les esprits de l'une fécondent celui de l'autre.

Le lendemain, tout change. Le silence persiste mais des traces de présences déflorent l'intégrité des lieux. Une laie a labouré le sol, une biche a traversé la sente, un merle gratte le pied d'un arbre moussu, une hermine se fond dans le blanc en gondolant du dos. Acclimatés ou non, les habitants du bois cherchent à se nourrir, les arbres se débarrassent de ce poids superflu, l'eau du ruisseau essaie de lécher la neige perchée sur les galets de son lit. La maigre pâture a disparu. Heureusement qu'il reste quelques fruits fixés aux arbustes : baies de houx, de gui, d'aubépine, églantines, prunelles, bonnets de prêtre sont becquetés par les oiseaux et avalés par les renards faute de mulots cachés dans leur trou. Biches et chevreuils s'attaquent aux lierres, aux ronces, aux petits sapins qui ont la malencontreuse idée de sortir la tête hors du drap blanc et les petits lapins qui ont la même idée s'envolent dans les serres de la buse. L'hiver est une période rude pour tout le monde, sauf pour l'hellébore fétide dont les fleurs sourient aux caresses du soleil dans un froid glacial.

La volaille doit être impérativement enfermée avant la tombée de la nuit, blaireaux et martres rôdent de plus en plus près du poulailler. Un seul oubli et c'est le carnage. Les poules s'affolent et le prédateur tue tout ce qui bouge. Lorsque l'autour, la fouine ou le renard grappillent un poulet ou une pintade, Jean l'accepte. Une maison isolée dans les bois doit fournir son tribut à la flibusterie. En cas d'hécatombe, la guerre est déclarée et Jean se fait justice. Le maraudeur passe de vie à trépas. Excepté Jeannot, goupil éclopé qui mulote soir et matin au bas des prés de service. Le bandit avait défoncé la porte en bois et égorgé six poules qu'il avait enterrées de-ci de-là dans la neige. Un piège à loup est posé devant un cadavre, les mâchoires de fer enserrent l'avant-bras du braconnier. Le voilà pris. Il glapit de douleur. Jean accourt avec sa pétoire et ne trouve qu'un bout de sa patte emprisonnée qu'il a déchiquetée à belles dents pour se libérer. Trois trous dans la neige et une tache rouge dessinent la piste du fugitif. Il boitille vers la forêt, encore à portée de fusil. Jean épaule son arme, vise, le bougre est dans la ligne de mire, l'index frôle la détente, une simple pression et la Brenneke déchirera la pelisse rousse. Les poules seront vengées.

*Œil pour œil, dents pour* becs. Le sang de l'assassin doit se délayer dans celui des victimes.

Le doigt se fige, la loi du talion ne s'applique pas quand l'œil s'embue d'admiration.

 Grâce à ses traces de la veille, Jean file sur la neige. Au détour d'une roche, il tombe sur la harde des cerfs. Il est à contrevent, nul ne le remarque. Un, deux, trois, vingt-deux, vingt-trois. Il les compte, les contemple, du frêle daguet à l'imposant seize cors. Une brume sort de leurs narines, l'air semble danser sur leur pelage. Par petits coups de bâtons, il avance, progresse de mètre en mètre, à pouvoir humer croupes et encolures. Merveilleux spectacle qui dure, dure jusqu'à ce qu'un fin observateur remarque que cette bête aux grands pieds n'a rien d'un cervidé. Un bond en avant et la troupe s'enfuit au grand galop. Les corps disparaissent sous les sapins, reste ce goût sauvage, ancré dans les cristaux laiteux. Jean s'en imprègne longtemps avant de repartir, des glaçons dans sa barbe de huit jours et le cœur brûlant d'avoir été, l'espace d'un instant, un cerf parmi les cerfs.

Qu'un froid sec bivouaque sur cette couche opaline et l'été revient. Il n'a que faire des riches couleurs de l'été indien tant il éblouit avec les reflets du soleil sur cette mer de lait qui obligent à porter des lunettes aux verres teintés pendant que, sous la couche d'inversion des températures, midi tinte dans la plaine sur des automobiles aux phares allumés. Quelques cinquante degrés séparent ce temps sec de la canicule de juillet, les modes de vie sont intervertis, matin et soir sont durs, l'après-midi est doux, le pull de laine s'enlève et, au bout de quelques pas en raquettes, Jean relève les manches de sa chemise de flanelle. Ce petit bonheur prend fin quand le thermomètre remonte, se lèvent pluie et vent...

### *Ventôse*

*Porte-malheur*
*Du saule en pleurs,*
*Le vent s'agite,*
*Souffle douleur,*
*Prend de l'ampleur,*
*Le décapite.*

*La pluie tombe,*
*Gicle, happe*
*L'arbre en guenilles.*
*Chaque trombe*
*Gifle, frappe*
*Tronc et brindilles.*

*Le vent fouille*
*Rocs arides*
*Ou mers de sable.*
*La pluie rouille*
*Socs qui rident*
*La terre arable.*

*Qu'ils s'unissent,*
*Et c'est l'enfer !*
*Écorces ou peaux*
*Racornissent*
*Quand Lucifer*
*Mêle l'air à l'eau.*

*Un feu divin*
*Fait défaillir*
*Son souffle visqueux.*
*Un peu de vin*
*Fait rejaillir*
*Le bout de sa queue.*

L'enfer chasse le paradis quand le vent s'humecte de gouttes de pluie froides et cravache par rafales troncs noueux et épaisses pelisses. Nul promeneur ne croise Jean durant ces jours sataniques pour lui dire combien il est merveilleux de travailler dans des lieux féeriques. Œuvrer sous des temps apocalyptiques n'est pas une sinécure. Une des principales occupations du garde-forestier régisseur consiste à mesurer le volume des arbres abattus par les bûcherons. Cette opération permet de rétribuer les ouvriers selon la tâche accomplie et de sérier les grumes par essence, diamètre et qualité. Dès que la bille est répertoriée, cubée, classée, un numéro est incrusté sur son cul pour que le débardeur sache dans quel lot il doit la riper et que le marchand de bois puisse contrôler le produit vendu. Jusqu'à présent Jean listait ces tiges sur un carnet – le Schmierbuch – qu'il recopiait au propre à la maison en calculant le volume à l'aide d'une table codifiée, aujourd'hui il saisit les données sur un micro-ordinateur.

L'informatique est une langue d'Ésope, elle devait alléger les charges administratives et accroître la présence sur le terrain, elle alourdit si bien la gestion quotidienne que le temps passé en forêt devient peau de chagrin. La faute aux technocrates forestiers qui se croient informaticiens, comme ils se sont crus écologistes, parce qu'ils ont fait de hautes études alors que ces matières n'étaient nullement au programme de leur cursus. Ces savants ignorants inventent une usine à gaz, bouffeuse d'énergie et génératrice d'un fatras de données inutilisables, si ce n'est de colorer leurs bureaux avec de beaux diagrammes. De bons informaticiens auraient pu mettre en place un système permettant de suivre une forêt dans toute sa complexité à partir d'éléments régulièrement relevés dans la vie d'une parcelle ou l'évolution de placettes-témoins. Plus besoin de comptages fastidieux ou de plans d'aménagements décennaux, la forêt se gère au jour le jour en suivant les injonctions du terrain et non les élucubrations humaines qui, aussi brillantes soient-elles, ne peuvent prévoir les caprices des dieux. Las ! Alors que la complexité de la forêt demande une simplification de la gestion par l'utilisation de l'intelligence artificielle, la bureaucratie embroussaille le fonctionnement de l'établissement public tout en réduisant les bois au rôle de producteurs ligneux.

Pour pouvoir appuyer sur la bonne touche du clavier, Jean a découpé la partie du gant de laine qui recouvre le bout de son index droit. Un vent violent le transit jusqu'à la moelle, la pluie l'empêche de lire correctement les indications du minuscule écran et voilà que sa phalange s'engourdit. Son corps ne lui obéissant plus au doigt et à l'œil, il décide de suspendre le cubage, d'ailleurs il est presque quatre heures de l'après-midi, déjà le soir tombe.

L'hiver, les jours sont courts, les nuits sont longues. La lune s'ennuie, les étoiles lui rendent visite. C'est ainsi qu'elles enguirlandent la crèche de Noël, elles sont si proches que les quenottes du petit Jésus pourraient les mordre, si nombreuses que Gaspard, Melchior et Balthazar doivent se mettre à trois pour reconnaître la leur. Bouffi de guirlandes, truffé de boules et accrêté de l'étoile des mages, le sapin agonise à côté de la dinde farcie de marrons. La fumée qui sort de la maison forestière encapuchonne la cime des conifères en marmonnant que leur rejeton est sacrifié pour que la paix règne sur terre. Mais elle n'enfume pas les vétérans de la ligne bleue des Vosges tant de fois rougie de sang humain. La poitrine des vieux troncs arbore quelques rosaces semblables aux médailles des militaires. Ce ne sont pas des croix de guerre mais des cicatrices de blessures reçues au champ d'honneur. La mitraille assassine loge encore dans le cœur du bois. La sciure bleu noir indique au bûcheron qu'il doit arrêter sa tronçonneuse avant que les dents de la chaîne perdent leur mordant sur l'éclat d'obus. Un affreux juron traverse le vallon si les deux aciers se rencontrent. Un siècle plus tard, poilus et gueules cassées ont disparu, restent les malgré-nous. Beaucoup n'ont pas réussi à cicatriser leurs blessures, les champignons ont rongé leurs entrailles et leurs dépouilles fertilisent le sol. La forêt essaie tant bien que mal d'effacer les traces de ce déluge de feu. Année par année, les rescapés amoindrissent la balafre de l'impact, leurs ramilles comblent les trous d'obus, réparer les dégâts humains demande du temps. Beaucoup d'aiguilles s'useront à recoudre le sol déchiré. D'autant que les hommes ne peuvent supporter le calme de la paix. De-ci, de-là, ils s'entre-tuent. La terre emprisonne ceux qui se battent pour vivre libres, les fous de Dieu envoient au ciel ceux qui n'y croient pas, la mer immerge ceux qui fuient leur terre à feu, à sang ou sans eau. Partout, en toutes saisons, sans raison, la bête humaine déchiquette la nature et la chie à foison. Ciel, mer, terre accumulent ses immondices tandis que la surface boisée disparaît par pans entiers. L'huile de palme engloutit les essences tropicales, les vaches amazoniennes broutent la forêt vierge. En plus de rétrécir, l'emprise forestière s'appauvrit. Les bois exotiques colorent les belles maisons des pays riches. Cette migration massive des arbres chagrine moins les beaux esprits que celle pourtant plus fluide des aborigènes. Les fesses sur des fauteuils en teck, les orteils sur l'ipé de la piscine, le bourgeois blâme les déforestations responsables de la raréfaction de l'eau. Puis il se baigne quand se noient ceux qui meurent d'envie d'astiquer ses meubles en acajou ou en palissandre. Pour une bouchée de pain.

La faute en incombe à la cupidité de leurs dirigeants. Chez nous, tout va bien !

Si les tropiques perdent leur éclat par disparition du bois de rose ou d'ébène, les années noires de la forêt métropolitaine ont repris de belles couleurs. Les os des moines du Moyen-Age et des maîtres des forges ont blanchi sous les ifs des cimetières, les pins ont envahi les Landes, les mélèzes coiffent des montagnes autrefois pelées, les friches se boisent. Peu de perspicaces repèrent que les arbres de lisière cachent une forêt qui se délabre profondément sous les coupes abusives de l'Office National des Forêts. Cet établissement s'autofinance par les ventes des produits des forêts domaniales ou par un pourcentage pris sur celles des forêts communales. Le malheur veut qu'il soit composé d'une armée mexicaine avec beaucoup de gradés au salaire inversement proportionnel à l'utilité de leur poste. Ces ronds de cuir passent leur temps à veiller à ce que la forêt publique reste leur pré carré afin de l'affouiller sans vergogne et avec beaucoup d'appétit. La mouche du coche de *Jean de la Fontaine,* leur illustre prédécesseur, ne les inspire guère, la *cotesia glomerata* les fascine. Cette petite guêpe pique la chenille de la piéride, y pond ses œufs qui, devenus larves, rongent leur hôte de l'intérieur jusqu'à ce qu'il meure, le ventre vide et la dépouille intacte. Les belles orées forestières ourlent d'affreuses razzias.

- *Que la lumière soit !* ordonne la genèse de cette nouvelle sylviculture aux sombres pensées financières. L'ombre de l'alisier flétrit-elle la parisette ? On le rase pour qu'elle puisse étaler ses quatre feuilles. L'humidité incommode-t-elle le gravier de l'allée ? On arase les bordures sur dix bons pas sans égards pour cette zone très diversifiée en essences forestières. Par monts et par vaux, les arbres sont dévorés, nappés d'une grossière sauce écologique qui sert d'eau bénite donnant sens à leur mort. Au nom de la biodiversité des petites plantes, la forêt est éventrée.

- *O Lumière, que de crimes on commet en ton nom !*

Les chênes qu'on décapite se souviennent du cri de madame Roland invoquant la *Liberté* avant de monter sur l'échafaud durant la révolution française. Prenant prétexte qu'un arbre grandit plus vite s'il est bien exposé au soleil, le forestier diminue le nombre de tiges par hectare. Régulièrement des ingénieurs spécialisés viennent former les agents à de nouvelles méthodes de martelage où le sylviculteur se métamorphose en arboriculteur. Aussitôt qu'il est décidé qu'un baliveau sera l'arbre d'avenir, le vide se fait autour de lui. Souvent il se meurt d'ennui et végète alors que d'autres pètent la santé à côté du pestiféré. Quarante ans de pré-désignation des arbres d'avenir ont montré la vanité du jugement humain. Ce n'est pas parce qu'un enfant grandit précocement qu'il sera plus fort que ses copains à l'âge adulte. Un peu d'humilité, un soupçon d'observation feraient du bien à ces puits de science infuse. Tout comme l'homme, l'arbre est un être grégaire. Bien avant lui, il a inventé l'art de vivre ensemble. Loin d'une collectivité de haine où la branche se met dans l'œil du voisin, une communauté fraternelle lie colosses et lilliputiens. Les codominants s'embrassent, le sous-étage titille les fesses des dominés qui passent leurs bras dans les dessous du dominant, le sous-bois berce les nouveau-nés. L'ombre est propice à ces relations intimes. Le clair-obscur donne de la fraîcheur, chasse le froid extrême et la chaleur intense. Ce lieu de tempérance protège l'humus, élague naturellement les troncs, diversifie la faune et les espèces ligneuses tout en veillant à ne pas être envahi par un tapis herbeux préjudiciable à la régénération naturelle. Cet entrelacs de feuilles, de branches, de tiges, de racines constitue la cité radieuse où gîte le sauvage. Les yeux rivés sur son dendromètre, le forestier ne sent plus l'odeur de fauve, n'entend plus les chuchotements de l'eau se promenant dans les bois, il ne sait pas qu'il est en train d'accomplir la galéjade d'Alphonse Allais qui rêvait de transporter les villes à la campagne. Il s'ingénie à démantibuler l'infrastructure urbaine que la forêt a mis des millions d'années à construire pour mettre en place une zone pavillonnaire avec des maisons individuelles entourées de jardins d'agrément.

Pas sots, les sylviculteurs savent que c'est une aberration, les pins d'avenir dépressés vigoureuse-ment n'ont pas vraiment de meilleurs accroissements que leurs homologues dans des perchis plus denses, les décideurs-financiers trouvent par contre que c'est le meilleur moyen de se faire une place au soleil. Leur campagne d'ensoleillement aveugle les benêts qui ne voient pas que les arbres sont devenus de gros portefeuilles qui remplissent le porte-monnaie de l'établissement public. Mais chut ! Le silence est d'or quand il s'agit d'argent.

Les énormes abatteuses modernes tassent, cassent, encrassent. Va-t-on préserver le milieu en interdisant leur accès ? On leur taille des boulevards. L'ouverture de layons de trois mètres de large tous les trente mètres permet de récolter dix pour cent des arbres sous couvert de protection des sols. Sorbiers, poiriers, pommiers, érables champêtres ou ormes ne peuvent plus brandir leur carte d'immunité diplomatique du fait de leur rareté, tant pis pour eux s'ils se trouvent sur le tracé du char d'assaut. Hier, des allées et carrefours en étoile amélioraient la visibilité des chasses à courre royales ; aujourd'hui, un réseau de tranchées très serré optimise l'abattage des arbres. La chasse dans la forêt est devenue la chasse à la forêt. Taïaut ! Le gibier pullule.

- *Haro sur les gros bois !* Le volume sur pied s'amenuise, les peuplements rajeunissent au point d'avoir peu d'impact sur le carbone, l'humus s'effrite sous les coups du soleil, la résistance mécanique des arbres aux accroissements larges diminue... Les forêts s'atrophient et, l'appétit venant en mangeant, l'ogre a de plus en plus faim. Que faire ?

- *Haro sur les petits !* On développe la filière bois-énergie. Le charbon avait sauvé la forêt du XIX$^{\text{ème}}$ siècle, le bois le remplace pour alimenter des centrales électriques. On se gargarise du progrès réalisé alors que ce retour en arrière augmente l'effet de serre…

Au seuil de la retraite, Jean parcourt son triage. Il a vieilli, sa démarche est lourde, il est sur les dents mais sa hargne légendaire éloigne encore les bouches voraces de ses supérieurs hiérarchiques. Souvent il s'adosse au gros chêne jadis témoin de la révolution française. Ensemble ils regardent le temps s'écouler. Ils savent que leurs jours déclinent, l'un mourra vieux, l'autre ne connaîtra pas la vieillesse, la guillotine l'attend dès le départ à la retraite de son ami. Il a le défaut d'avoir trois fois le diamètre d'exploitabilité défini par les nouvelles normes sylvicoles qu'un crâne d'œuf galonné a pondues en dépit du bon sens. Les arbres sont abattus avant d'avoir redonné à la terre ce qu'ils lui ont pris afin que leurs descendants en profitent. L'ONF se bat pour sa survie, et, en temps de guerre, les gérontes au pouvoir n'envoient-t-ils au casse-pipe des conscrits de dix-huit ans ?

L'État désargenté ne pouvant plus assurer leur bien-être corporel, les technocrates forestiers vendent leur âme, les gardiens du temple se font pilleurs de troncs. Leur nature bureaucratique ne les éveille pas à l'intérêt écologique de la forêt, ils y mettent peu les pieds et le cubage des arbres sied mieux à leur tête pleine de chiffres. Férus d'histoire, ils pensent qu'après eux, ce ne sera pas le déluge, la forêt redeviendra refuge. Certes il faudra du temps pour oublier les outrages subis et cicatriser les plaies mais, un siècle après la grande guerre de 14/18, un écrin de verdure n'assiège-t-il pas Verdun emprisonnée ? Jean pense au contraire que, si incendier un espace boisé est considéré comme un crime, il est logique que ces décideurs soient traduits en justice pour destruction de la chose publique – *res publica*- par des personnes ayant autorité de la protéger. Notamment parce que cet acte criminel sème la mort dans les rangs de leurs subalternes.

Des dizaines de forestiers se tirent une balle dans la tête avec leur arme de service, se pendent aux branches d'un arbre, se… et nul trouble n'agite ces jean-foutre qui noient la cause des suicides dans la complexité de la vie. Sans voir que ce ne sont pas des gens faibles ou velléitaires qui mettent fin à leurs jours mais des agents motivés, voués à la forêt. Sans jauger l'impact de leur réforme transformant les hommes des bois en marchands de bois. Sans savoir le terrible effet d'un suicide. Qui n'est passé par là ne peut connaître le poids de la culpabilité qui opprime le deuil. N'avoir pas vu venir la mort, pas su la profondeur de la douleur, pas pu être un soutien, plongent les proches dans l'infernal sentiment d'avoir failli. Ce péché mortel ronge la femme sans mari, l'enfant sans père, le parent sans enfant, le forestier sans collègue mais pas ces irresponsables.

Responsables, ils le sont. Pour changer l'établissement public en entreprise industrielle, ils ont concocté une réforme où les agents de terrain, réfractaires à l'idée de réduire la forêt au rôle d'usine à bois, n'ont plus le contrôle de leur territoire. Leur triage, vieille unité administrative de police des forêts, disparaît de l'organigramme des services, vaporisé dans un groupe technique d'une douzaine de personnes où chacun aurait une tache définie : la chasse, les coupes, la surveillance, la régénération, … Nos ingénieux managers modernes remettent au goût du jour sovkhoses et kolkhoses dans le double but de mettre à leurs bottes ceux qui ont la main sur le marteau forestier et d'écarter des rouages principaux d'entêtés cadres résistants. L'expérience soviétique leur a montré la non-viabilité d'une telle architecture. Qu'importe ! L'urgence est de déstabiliser la base pour ouvrir toute la structure au commerce du bois. Pas étonnant que le concepteur de cette machination ait été le dernier dirigeant à vouloir accorder le cadre B aux agents de terrain. Alors que le directeur général cède sous la pression, lui s'accroche, renâcle, farouchement logique. Est-il raisonnable de nommer responsables des gens à qui l'on va enlever la plupart de leurs responsabilités ? Le cynisme politique aura raison de sa vision aristocratique de l'administration forestière.

Nulle part, les sovkhoses ne réussiront à s'implanter, un système hybride mixe l'ancien et le moderne, fluctuant selon les cantons, générant partout un sentiment d'insécurité. L'angoisse est à son paroxysme. La forêt est sens dessus-dessous après les tempêtes *Lothar* et *Martin,* l'organisation de la gestion est chamboulée, l'État supprime un poste sur deux lors des départs à la retraite, le statut de fonctionnaire ne donne plus la garantie de l'emploi, les primes varient foutrement selon le bon plaisir des supérieurs, l'attribution des postes est soumise au bon vouloir de la hiérarchie. Les re-pères traditionnels tombent les uns après les autres, la seule structure qui paraît stable est l'Office National des Forêts. L'établissement devient la maison-mère des forestiers. Tant pis si cela se fait aux dépens des lieux où s'abritaient jusqu'alors les petits hommes verts. L'échiquier est en place, l'esprit d'entreprise peut mettre ses techniciens au service de ses intérêts financiers, la forêt est *échec et mat,* ses rois tomberont par milliers.

## Escoute, Bucheron, arreste un peu le bras....

Nul bûcheron n'agresse
À coups de han, de hache
Les arbres où se cache
La Nymphe sauvagesse.

Ronsard peut se reposer.
La cognée au fer pointu
Qui tue les fûts s'est tue.
L'arme blanche est déposée.

Mais quelle est cette harpie
Qui effraye la futaie ?
Les geais s'égaillent, se tait
La pie, la laie s'est tapie.

Sur huit pattes géantes,
Un crabe pulvérise
Tout bois qui donne prise
À sa pince coupante.

Cette chose mâchure
L'épaisse écorce des troncs,
Défèque des tas d'étrons,
Recrache les ramures.

Le gros monstre écrabouille
Souche et sous-bois, embourbe
Sa bedaine trop lourde
Dans l'amas des dépouilles.

Les ravages font rage.
Cerfs et biches maudissent
Ces tranchées où verdissent

*Les eaux bleues de l'orage.*

*Dans la boue de la glaise*
*Les cadavres s'entassent.*
*Meurtris, les sols se tassent.*
*Heurtés, les gens se taisent.*

*Lève-toi ! Vois, cher Ronsard,*
*Écho déterrer ta voix*
*De la fange des convois*
*De camions-corbillards :*
**« Adieu, vieille forest ... »**

Jean est consterné. Il croyait dur comme fer que l'écologie imposerait une sylviculture respectueuse de l'environnement. Elle ne sert qu'à rendre digeste l'insidieux grignotage des forêts publiques qui s'amaigrissent pour engraisser des industriels et des forestiers dont les mots creux bourrent le crâne vide des braves gens. Pratiquer des coupes claires leur semble plus doux que de procéder à des coupes sombres, peu d'entre eux s'aventurent hors des sentiers battus pour constater le contraire.

En moins d'un demi-siècle, l'homme a modifié ses rapports à la forêt. Les rares sédentaires disparaissent, apparaissent de nombreux nomades. Les maisons forestières isolées se raréfient, ouvriers et gardes-forestiers aussi. Naguère, les bûcherons montaient à pied sur la colline boisée, le sac à dos chargé de victuailles pour la semaine. Ils dormaient dans un cabanon, bercés par le hululement des chouettes. Aujourd'hui, la grosse machine qui les a abattus pétarade nuit et jour enfermant dans son cockpit un pauvre hère, davantage ilote que pilote. Les familles rurales façonnaient leur bois de chauffe, cueillaient myrtilles et framboises, les enfants construisant des cabanes pendant que les parents champignonnaient. Les néo-urbains venaient praliner leurs racines paysannes sous les frondaisons de leur jeunesse en prenant leur repas du dimanche sur une nappe blanche que les fourmis nettoyaient, rognures et miettes transportées en file indienne dans les silos de leurs galeries sous le regard admiratif des bambins. Tout ce monde enraciné dans la terre s'est exilé hors des bois, hors des champs. Béton et macadam deviennent leur milieu naturel.

Les villes enflent à mesure que les campagnes se dépeuplent et la plupart de ceux qui résident dans ces villages-dortoirs n'ont plus de contact substantiel avec la terre. Ce sont des riverains de dame Nature, ils la côtoient sans marcher sur ses plates-bandes, se contentant de fouler le ray-grass anglais de leur pelouse. Quelques maisons ont un espace mitoyen, trois *Noire de Crimée* tiennent salon dans un jardinet avec quatre *Grosse Blonde Paresseuse* dont les rondeurs appétissantes invitent les limaces du gazon à tailler une bavette. Ces mini-potagers d'agréments n'entendent pas subvenir aux besoins des familles, ils servent de vitrine aux propriétaires des lieux, fiers de montrer leur ruralité que les plus m'as-tu-vu ornent d'une poule aux œufs d'or. Si les anciens occupants de la ferme transformée en multiples appartements locatifs voyaient que poulettes et rats sont devenus des animaux de compagnie, que les légumes du jardin bouchent à peine une dent creuse, qu'un sac de pellets remplace les bûches façonnées en forêt, ils croiraient avoir affaire à des extra-terrestres. Le cordon ombilical de la mère nourricière est rompu. C'est ainsi que, à l'instar des exploitants agricoles, les techniciens forestiers paraissent respectueux de la nature qu'ils assassinent.

Champs et forêts sont des lieux où l'on se promène, chasse et cueillette se sont transformées en passe-temps. La nature est devenue un espace de loisirs entretenu par des professionnels.

Pourtant, chacun sent confusément qu'elle n'est pas qu'une aire de distraction, son attraction est vitale. A travers l'air pur et la beauté des paysages, le citadin cherche à libérer son âme emprisonnée dans le béton. Il flaire qu'elle a besoin d'écouter les esprits des sylves pour retrouver sa fraîcheur pendant que son corps, avivé par la tonicité du monde indompté, extirpe la graisse de ses tissus. Par beau temps, le week-end, les rues des villes sont désertes tandis que des hordes urbaines terrorisent les hardes sauvages en gravissant les sentes dans de bruyants ébats. La forêt est devenue un lieu de passage fréquenté où, malgré des chemins bien tracés et moult parkings de fixation qui confinent les excursions dans des endroits précis, disparaît le calme nécessaire à certaines espèces.

Depuis une vingtaine d'années, Jean ne voit plus le beau coq de bruyère qui s'est envolé devant lui pour la première fois après une chute de neige. Ils se revirent quelquefois au milieu des brimbelles, s'écoutèrent souvent ouvrir leur bouteille de vin sous le hêtre en joie de se mettre en feuilles, aujourd'hui peiné par le deuil du grand tétras à jamais disparu. Pullulent par contre les sangliers au lard jauni par excès de maïs. Eux aussi ont muté. Autrefois, ils fuyaient l'homme et son odeur de mort, désormais ils ravagent les jardinets des villages et s'en vont visiter les poubelles des villes sitôt la nuit tombée. Quel ébahissement de croiser un renard sur la place Kléber, au cœur de Strasbourg ! Tous deux se regardent, surpris de se rencontrer en dehors des bois sous les coups de minuit. Quelle stupéfaction de voir des chiens s'enfuir, la queue basse, devant une laie promenant ses petits sur une aire de parking !

Un tel effroi révèle que c'est bien la première fois que chiens et maîtres sont nez à nez avec un animal non domestiqué. Peut-être qu'en se promenant seuls et discrètement, ils rencontreraient ce sauvage, toujours tapi en eux, tant rêvé, si redouté. Le groupe donne du cœur mais lie l'esprit qui ne peut s'abandonner entre les mains des dryades et éloigne des yeux la biche depuis longtemps déguerpie, à distance des eaux de toilette et des rires à gorges déployées. Cette façon de marcher en escouades cache probablement une appréhension de la nature devenue étrangère.

Comme face à la mort, l'homme compense sa lâcheté physique par une approche intellectuelle. D'où la vogue de l'écologie. Les chercheurs parviennent à modéliser le phénomène complexe d'El Niño, la connaissance du cycle de l'eau est aussi limpide qu'une onde de source pour le commun des mortels, les pipistrelles ne sont plus d'horribles vampires qui s'accrochent aux cheveux. Livres et supports audiovisuels foisonnent quand se raréfient les gens qui savent encore planter les choux à la mode de chez nous. La culture livresque a remplacé la culture empirique. Nos chères têtes blondes savent différencier un Tyrannosaure d'un Tricératops mais croient que la pomme de terre pousse dans les arbres sous forme de frite. Ils redoutent cependant un futur funeste, ils savent que le cabillaud est en voie de disparition et n'est pas un poisson d'eau froide qui s'est habilement adapté au réchauffement climatique en transformant ses écailles en panure et en se métamorphosant en rectangle plat pour mieux nager au fond du congélateur. La terre ne cultive plus des sillons dans la paume des hommes mais elle ride les fronts juvéniles à la pensée d'un *no-futur*.

Autant Jean se réjouit de ce que l'écologie qui avait peu d'adeptes à son début de carrière ait, en un demi-siècle, évangélisé la grande majorité des gens, autant il craint que l'apologie du catastrophisme ne la dévoie de ses fondamentaux. Mauvaise conseillère, la peur peut amener au pouvoir des khmers verts où la dictature de l'environnement écrasera les masses populaires. L'émotion n'a jusqu'à présent guère engendré de régime démocratique, la joie de la liberté a suscité la Terreur, l'espoir du Grand Soir ou la crainte de l'Apocalypse ont établi un ordre moral, laïque ou religieux, dont ont profité des privilégiés, les autres ont subi sa dure injonction :

- *Marche ou crève !*

L'écologisme, au contraire, doit se baser sur l'interrelation harmonieuse des éléments qui composent le milieu. Dans la nature, la loi de la jungle impose un comportement individuel qui ne nuise pas au groupe tout entier. Petits et grands vivent en bon voisinage. Seule une justice sociale peut instaurer cette loi dans la communauté des hommes. L'écologie sera de gauche ou sera une dictature des nantis sur les pauvres. Déjà les décideurs actuels leur interdisent de venir travailler en ville avec leur vieille bagnole puant le gas-oil alors qu'eux s'autorisent des allers et venues permanentes en avion distillant le subtil parfum du kérosène. Il n'y aura pas de régime écologiste démocratique sans remise en cause fondamentale de la société matérialiste. Aujourd'hui les usines marchandent entre elles leur quota de pollution, demain le plein-aux-as achètera au sans-le-sou ses attributions en eau. Le respect de la nature passe par le respect de l'être humain. Les antispécistes ont beau affirmer qu'aucune espèce n'est supérieure aux autres, nul ne choisirait l'enfant s'il était conducteur d'une voiture sans frein roulant à tombeau ouvert dans un tunnel, contraint d'écraser soit un bébé jouant sur le côté droit de la route soit un chien allongé sur la partie gauche. L'harmonie entre l'homme et son milieu commence par soi-même et passe par l'apprentissage de la conjugaison du verbe *être* aux dépens de l'auxiliaire *avoir*. L'entreprise est difficile, ventre affamé n'a pas d'oreilles et le réchauffement climatique cause peu de mal à ceux qui ont du bien au soleil. Plutôt que de s'imposer par conviction et recherche d'équité, la sauvegarde de l'environnement sera fâcheusement édictée par le pouvoir ou, pire encore, ne sera pas. Et les pauvres trinqueront. En cas d'aboulie générale, ces assoiffés seront noyés par la montée des océans ou desséchés par les brûlures du soleil ; en cas d'une prise en compte autoritaire du biotope par des écologistes de salon, ces affamés n'auront pas les moyens de vivre décemment. Sombrer dans la mer ou dans la misère, tel est le sombre destin de ces victimes de l'ensoleillement.

Sinistre avenir aussi pour la forêt si les décideurs politiques ne mettent pas fin aux agissements des responsables de l'Office National des Forêts. Déguenillé, lacéré, tailladé, le super-organisme aura du mal à se reconstituer comme il avait réussi à le réaliser après les razzias des révolutions, politique et industrielle, du XVIII$^{ème}$ siècle. Sous les coups d'un soleil beaucoup plus ardent, il lui sera difficile de reboucher les trous afin de recomposer un microclimat ombrant l'humidité nécessaire à chaque plantule. La tâche est ardue mais pas impossible à condition d'arrêter au plus vite les déprédations humaines et de favoriser la reconquête d'un couvert forestier à plusieurs étages. Au cours de son histoire, la forêt s'est renflouée ou dépeuplée au gré des besoins économiques conjoncturels indépendamment de son mode d'administration. Alors qu'ils combattaient âprement les *Demoiselles* d'Ariège pour enlever à la paysannerie ses droits pastoraux traditionnels préjudiciables aux jeunes semis, les gardes des Eaux et Forêts accordaient de larges faveurs aux charbonniers dont l'accointance avec les maîtres des forges était autrement plus redoutable. Les grandes fluctuations forestières étaient alors dépendantes de raisons externes, aujourd'hui la cause d'appauvrissement est interne. Jamais les Grands Maîtres qui achetaient leurs charges et comptaient récupérer leurs fonds au centuple n'ont fourragé les forêts royales aussi fougueusement que ne sont aujourd'hui pillées les forêts républicaines par et pour ceux qui ont fonction de les protéger.

- *Infanticides !* invectiverait-on les parents prenant une ogresse comme nurse.

Que dire à un État confiant la garde de ses bois à un organisme xylophage ? Les syndicats réclament un changement de régime alimentaire, conjecturant qu'un traitement expurgé de lignine neutraliserait ce ravageur de canopées. Nourrie par l'argent des impôts, la bête ne songerait plus à sucer la sève des arbres. Malheureusement, le gouvernement n'a pas cette potion magique, le chaudron est vide. Ayant vécu le long passage de témoin entre l'Administration des Eaux et Forêts et l'Office National des Forêts, Jean pense que, même si les caisses étaient pleines, beaucoup trop de temps s'écoulerait avant que le videur de fûts ne se désintoxique. Quant à recouvrer une vision globale de la forêt lorsque l'on a la fibre ligneuse… Un régime diététique peut aider un termite à retrouver une belle ligne, sa mauvaise vue ne s'améliorera pas pour autant.

Si l'État n'a plus les moyens d'assurer une gestion durable des forêts, peut-être aurait-il intérêt à la partager avec des structures politiques plus proches du terrain conformément à l'adage fondamental des écologistes : *Penser globalement, agir localement ?* Le Ministère de l'Environnement fixerait les grandes orientations et les élus locaux auraient l'entière responsabilité de la gestion. Cette décentralisation ne garantirait certes pas la fin du vandalisme. Moins systématique il serait sous le joug du fameux NIMBY (Not In My Back Yard) qui donne journellement des preuves de son efficacité. Les édiles ne pourraient alors plus s'abriter derrière l'uniforme forestier et veilleraient à ce que les administrés ne transforment pas Trifouilly-les-Oies en Clochemerle. Cette délégation de pouvoirs aux collectivités locales favoriserait indéniablement la diversification des modes de sylviculture actuellement soumis à des plans d'aménagement monocordes et simplifierait leur administration. Un service forestier à un niveau, voire deux si le massif est grand, suffirait amplement. Enfin et surtout la forêt qu'églises et châteaux se sont appropriée et que la révolution n'a pas su restituer, serait rendue au peuple. De quoi danser la Carmagnole avec des *Demoiselles* devenues écocitoyennes sous le chant endiablé d'un :

- *Ah ! Ça ira, ça ira, ça ira, les technocrates à la lanterne...*.

Le parasite interne éliminé, que faire face aux besoins d'une société affamée de cellulose ? Jadis, le charbon a sauvé les bois qui l'ont généré, demain l'arbre lui-même assurera l'avenir de son milieu de vie. L'attaque est la meilleure défense. L'heure est venue de sortir de la forêt, non pas sur des camions-corbillards, au pas de charge. La fraîcheur des frondaisons attire les peaux roussies par le soleil, les villes sont conquises, la campagne l'attend. Un couvert de trente à cinquante arbres par hectare permet de lutter contre les vents violents, la grêle ou l'insolation, crée un stock de carbone, piège les nitrates en profondeur, entrave l'érosion, enrichit le sol en matière organique... L'agroforesterie a de beaux jours devant elle, l'agriculture industrielle, saccageuse du bocage, va plier bagage devant cette plantureuse concurrente et la beauté habillera les campagnes dévastées. Réchauffement climatique oblige. Une aubaine pour nos arboriculteurs sylvestres, contents de suivre l'arbre hors d'un milieu sauvage et d'ensemencer de leur savoir les champs cultivés. Un bonheur pour la forêt.

### *Supplique*

*Forêt, mère des arbres d'où l'homme descend,*
*Vois ton enfant s'enraciner dans l'immonde,*
*Forer la branche sur laquelle le monde*
*Vit, se goinfrer de sève et de sang innocents.*

*Ne le laisse pas altérer sa nature,*
*Veille qu'à la souche des troncs séculaires*
*Il retrouve ces langues vernaculaires*
*Où bruissent à foison maintes créatures.*

*Que, sans cor ni cri, il jouisse de ton corps,*
*Quand s'effeuillent dans le soir tes subtils accords*
*Pleins de sons et de tons exhalant tes odeurs.*

*Qu'enfin ce fils prodigue se sente chez lui,*
*Qu'il s'ensauvage en ton sein pendant que la pluie*
*Fane son goût du lucre et ses airs de tueur.*

Au tour de Jean de sortir du bois. Sa tête chenue se frotte au gros chêne qui borde le pré de service, leurs rides sont profondes, les bedaines ont fière allure :

- *A la revoyure !* lui dit-il dans l'accent de son enfance. Il s'en va toucher sa pension mais il reviendra. Promis, juré !

Point de tête-à-tête lors des retrouvailles. Jean pose ses fesses sur une énorme souche, aucune trace de pourriture, à peine un léger rougissement. Les cernes bien distincts dévoilent sa vie. Cent quatre-vingt-quatre ans, en pleine force de l'âge. Aidée par ses voisins, elle vivote encore et lui chevrote qu'au cours du deuxième hiver postérieur à son départ une énorme chasse aux gros a été organisée, une véritable hécatombe alors qu'elle croyait avoir obtenu un sursis puisqu'au printemps une gelée tardive avait décimé la glandée. Son plus profond regret est de partir sans laisser de descendants. Des puits de lumière inondent la parcelle ; ronces, prunelliers, robiniers s'y baignent, le sanglier ne craint pas leurs épines, le geai s'y niche, les rares glands sont écharpés avant de se faufiler entre leurs griffes. De bien belles échardes dans la gestion durable des forêts.

Jean n'y mettra plus les pieds. La forêt est un espace de détente et de régénération interactif. Le moment de récréation accentue la recréation de toute personne qui s'y abandonne. Comment se ressourcer au milieu de cette dévastation programmée ? Comment se divertir quand ce brigandage organisé provoque colère et peine ? Heureusement que résistent quelques Robins des Bois, rebelles communards. Le retraité se promène dans « leurs » forêts avec sa nouvelle chienne, Iota, une labrador au noble lignage, nez délicat et santé fragile. D'une patience infinie, elle a ce bon regard qui veille tendrement sur son compagnon mais elle se perd souvent, vomit tripes et boyaux si d'aventure sa truffe tombe sur autre chose que des croquettes allégées. Rien à voir avec ses prédécesseurs, coureurs invétérés, charognards en diable. Les partisans de la race pure, hostiles au métissage, devraient fréquenter les corniauds, leur myopie culturelle se mâtinerait d'un brin de discernement.

En ce qui concerne Jean, l'heure est à la presbytie. Ses bras ne sont plus suffisamment longs pour lire le journal, une paire de lunettes lui décroche les mots comme jadis les jumelles l'approchaient du faon sans inquiéter la maman. Il n'en a plus l'usage. Ses voyages dans le sauvage sont aux antipodes de sa vie active. Le jour, il faisait de nouvelles connaissances. Le soir, le dictionnaire des oiseaux séparait le sizerin flammé de la linotte mélodieuse, *Gaston Bonnier et J.C. Rameau* latinisaient les plantes enfouies dans son escarcelle :

- *Séneçon, je te baptise du nom de Senecio fuchsii,*

- *Acacia, je te baptise du nom de Robinia pseudoacacia...*

Les botanistes donnent souvent leur nom à la plantule qu'il répertorie. Bégonia, dahlia, frangipanier, rudbeckia, magnolia, forsythia, ..., fleurissent leurs tombes chaque fois qu'un herboriste en herbe découvre leurs dénominations officielles. Un moyen astucieux de rester vivant aussi longtemps que la terre verdoiera ou plus précisément tant qu'il y aura des hommes parce que la plante n'en a cure, elle ne parle pas avec des mots. Odeurs, couleurs, vibrations, attouchements sont sa façon de dire qu'elle existe. Elle communique par les sens, même après sa mort, devenant fort goûteuse au creux d'un ver de terre ou d'une assiette en porcelaine.

Désormais, Jean ressème dans la nature ce qu'il a récolté en trente-huit ans. Telle la fleur de pissenlit ballottée par le vent, sa cervelle essaime son dictionnaire de mots savants. Une page s'accroche à des buissons épineux, deux pages courent dans le ruisseau, trois s'envolent à tire d'aile, elles partent à tour de rôle, émaillant un ciel et une terre qui n'ont que faire de ce florilège verbeux. S'en vont gésir au creux d'un rocher les noms propres, ceux qui ne sont pas salis par un usage ordinaire. Trop singuliers, plus assez familiers. Quelquefois, un éclair de lucidité les entend gémir, avant le noir total. Ce délestage n'inquiète pas Jean, il n'a plus besoin d'accrocher des voyelles aux branches des arbres, ni d'enfoncer des consonnes dans le rose des grès. Il se sent tellement bien dans ce milieu qu'il utilise sa façon de communiquer. Cette douce harmonie sensorielle qui respire le bonheur de vivre.

### Sombre ouroboros

*Est nommé enfant celui qui ne parle pas,*
*Il meurt tôt, dès qu'expire le babillage,*
*Gît dans l'homme et renaît dans le radotage*
*Du vieux qui a oublié qu'il fut papa.*

*Tout fuit en pépé qui redevient bébé*
*Vomissant ses mots dans d'obscures logorrhées,*
*Chiant sa bouillie en de grasses diarrhées*
*Que des couches-culottes tentent d'absorber.*

*Teint pâle, sans dents ni cheveux, il recouvre*
*La forme de sa genèse. Déjà l'âme*
*S'est retirée, un nouveau-né la réclame,*
*Le corps mou râle ferme et la terre s'ouvre.*

## Sage sénescence

*Un soir, c'est sûr, on lui donnera la becquée.*
*Alors l'aïeul traîne la savate en longueur,*
*Déguste le temps en truffant la langueur*
*Des jours sans fin de jolis moments à croquer.*

*Canne en main, il boite bas mais le sénile*
*Monte sur la lune quand les nuits sont blanches.*
*Trois chicots broient-t-ils du noir ? S'endimanchent*
*Ses pattes d'oie d'éclats de joie juvénile.*

*Assis dans ses rêves, il se fait contempteur*
*Du jeune fou qu'il fut de gaspiller sa vie*
*A grappiller des sous dont il n'a plus envie.*
*Va, vole au ciel, bel ange contemplateur !*

Par temps sec, Jean s'assoit souvent sur un rocher sous lequel reposent probablement quelques mots latins, *requiescant in pace !* Quand il pleut, il s'adosse à un tronc. Il adore ce contact direct des lombaires collées à cette colossale colonne vertébrale. Le petit être gracile s'imprègne de la force du grand hêtre qui l'étançonne. Ses pensées deviennent légères, duveteuses plumes du grimpereau qui sautille jusqu'au haut des fûts, longues ailes du martinet qui couche dans les nuages. Défile alors le fil de sa vie où de petites causes ont parfois eu de grands effets. Il est intimement persuadé que la dotation de voitures de service a été un élément déterminant dans la mutation professionnelle des gardes-forestiers. Se mouvoir dans un sas isolant pour sauter d'un versant à l'autre n'a pas le même impact que grimper un raidillon à quatre pattes. La connaissance du terrain passe par les pieds, transpire par les pores, la forêt se respire, sa rencontre est charnelle. L'automobile transporte certes les corps à bon port, toutefois la pérégrination fusionnelle devient un voyage touristique. Le forestier observe le site traversé, il n'en fait plus partie. En le transplantant de tâches en tâches sans immersion dans le sauvage, la bagnole a contribué à changer l'homme des bois en technicien forestier interventionniste. Hyperactif dès sa sortie de voiture, l'agent perd la passivité du promeneur dans laquelle *les parfums, les couleurs et les sons se répondent*. Il ne sait plus recevoir, il ne pense qu'à intervenir, agit de plus en plus dans un milieu qu'il connaît de moins en moins. De quoi méduser Jean qui peine à comprendre comment des jeunes, férus de science de la terre, sabotent le bel ouvrage des anciens dont la maigre instruction consistait à ne commander à la nature qu'en lui obéissant. L'érudition n'est pas un rempart contre la barbarie, le nazisme est né dans Berlin alors capitale culturelle du monde entier. L'affairisme, l'argent, la cupidité, le conformisme et tant d'autres facteurs rendent atroces de belles civilisations et être un roseau pensant sous les chênaies sauvages est une heureuse échappatoire à cette cruauté. Non pas que la forêt soit bienveillante, sa loi est impitoyable mais moins arbitraire, moins tripatouillée, plus simple, plus forte que celle des hommes.

- *Wer reitet so spät durch Nacht und Wind...*
Le roi des Aulnes imprégnera à nouveau les forestiers une fois l'Office National des Forêts démantibulé. Personne ne sort indemne d'une virée

en forêt. Pas même le joggeur, l'esprit obsédé par l'idée de vaincre son corps en conquérant la montagne, les yeux rivés sur sa montre qui lui indique les pulsations de son cœur, le nombre de pas parcourus et le temps imparti, les oreilles encapuchonnées dans un casque dégoisant la musique martelée d'un rappeur qui serait heureux d'entendre que sa ballade donne des ailes à la balade d'un coureur de cross-country en manque d'air au point de ne pouvoir ahaner le moindre *bonjour* aux gens rencontrés. Comble de l'absurde, un sentier qui se tortille sur le flanc de la montagne est l'un des derniers lieux où subsiste ce qu'on nomme « urbanités, civilités ». Nul ne salue un quidam sur le pavé d'un trottoir, les promeneurs qui se croisent sur un chemin caillouteux s'adressent une marque de déférence. La reconnaissance de l'autre serait-elle un penchant naturel et non culturel ? Sa déperdition, semblable à celle du grand tétras, semble l'attester.

L'ours mal léché court vers le haut de la montagne, le regard bas, au ras des baskets qui le rapprochent du but à atteindre en un minimum de temps. Mais, qu'il prenne ses jambes à son cou, se batte bec et ongles, la nature le prend à bras le corps. Ses muscles ont beau être d'acier, elle pénètre ses chairs, insidieusement, voluptueusement, jusqu'à la moelle. Le bipède peut devenir quadrupède en prolongeant ses bras de deux baguettes magiques, la forêt le domine encore. Un vent frais ébouriffe peau et poils, un air impalpable enchante l'âme. L'envoûtant chant des dryades n'est nullement étouffé par le son des guitares électriques. Il vante la loi de la nature, la joie de vivre jusqu'à ce que mort s'en suive.

*- ... In seinen Armen das Kind war tot.*

Est morte depuis longtemps en France la forêt primaire de plaine, subsiste en Europe celle de Bialowieza, sérieusement menacée. Au lieu de fustiger les despotes de pays sud-américains ou asiatiques vendant la virginité de leurs forêts à d'horribles tripatouilleurs, nos dirigeants feraient mieux de leur montrer l'exemple en réservant sur le vieux continent un espace boisé préservé des interventions humaines. Non pas quelques hectares épars de réserves biologiques mais un immense territoire où faune et flore pourraient évoluer naturellement. Dans une dizaine de siècles, nos descendants jouiraient alors de ce que nos ancêtres ont détruit dans un même laps de temps. Est-il légitime que des nations puissantes interdisent la fabrication de la bombe atomique à des États émergents sans dénucléariser leurs propres armes ? Est-il moral de vilipender les déboisements de pays en voie de développement alors que nous n'essayons nullement de réparer les déforestations commises dans nos contrées par nos aïeux ? Assez de bavardages inutiles, agissons ! Nous devons sanctuariser la forêt si nous ne voulons pas que nos enfants soient sacrifiés sur l'autel de notre concupiscence.

En début de carrière, Jean pensait que son métier allait peu à peu évoluer vers une sorte de trait d'union entre le non-initié et le temple de la forêt. Il n'en est rien. La sylviculture industrielle moderne a priorisé la substance sonnante et trébuchante du matériau bois aux dépens des autres richesses de la forêt. Le garde-forestier, devenu le fer de lance des va-t-en-guerre matant le sauvage et domestiquant les troncs, a perdu son aptitude de médiateur. Le pimpant technico-commercial a trop de sève sur les mains. Comme l'ingénu Perceval a suppléé les preux chevaliers de la Table Ronde qui ne pouvaient approcher le Saint Graal à cause de leurs écus maculés de sang, de nouveaux intercesseurs, tels garde-nature, animateur-environnement, accompagnateur de moyenne montagne, guident les citadins à la campagne. Mais si notre cerveau a besoin d'explications rationnelles sur le fonctionnement des écosystèmes, les reliquats de sauvage qui jonchent notre corps et notre esprit suffisent amplement à nous mettre en contact direct avec la nature. Chacun perçoit intuitivement le souffle bourru de cette puissance que les chamanes traduisent en mots sibyllins et que les poètes drapent d'atours magiques. Dès qu'il entre sous les frondaisons, le promeneur solitaire hume la présence des faunes sans besoin d'entremetteur. Un brin de recueillement, un nuage de méditation et le vent le transporte au paradis perdu de l'Age d'Or, à l'ombre de l'Arbre de Vie.

Cette harmonie entre l'homme et la forêt, pour laquelle la bande d'anarcho-syndicalistes s'est battue, persistera. Ils ont perdu la bataille sylvicole, leurs successeurs gagneront la guerre. Le petit groupe peut être fier des résultats obtenus. Améliorations des conditions de travail ou augmentations des salaires en témoignent. Longtemps, le pillage de la forêt a été retardé mais l'appât du gain a été le plus fort. Cependant la petite graine contestatrice est semée, elle est en dormance et ne demande qu'à germer.

Malgré ces succès, le vague à l'âme gagne Jean quand il songe à son militantisme. Le combat est inégal, les coups pleuvent, souvent bas, parfois donnés, maintes fois reçus. La peau se racornit, le cœur aussi et l'on finit par ressembler à son adversaire. Impitoyable manœuvrier abêti par la violence de la lutte des classes.

L'ancien combattant est rompu, dépité d'avoir nanifié sa pensée en de sommaires slogans.

- *Je ne le referais plus si c'était à refaire*, grommelle-t-il entre ses dents, jadis rogneuses d'injustices et croqueuses de grain à moudre, aujourd'hui érodées. Son regard se durcit à la pensée que la paix sociale repose sur une bagarre perpétuelle entre possédants et possédés.

*Si vis pacem, para bellum.*

Il était sans cesse en guerre contre cette civilisation matérialiste, n'enlevant sa cuirasse qu'en revenant dans son triage où les caresses du vent et de tendres baisers polissaient griffures et morsures. Sans attendre la cicatrisation des plaies, il repartait barboter dans l'eau trouble des intrigues, dénichant au fond de cette mare de boue les abus du pouvoir avec cette force indomptable que donne le « je » quand il se noie dans le « nous ».

Une voiture verte au logo forestier – un arbre débité en planches - avec une jeune femme au volant le tire de sa morosité. Il la salue d'un grand sourire, pas fâché de voir que l'action syndicale a contribué à la féminisation du recrutement des agents de terrain, alors exclusivement réservé aux hommes. L'uniforme militaire n'était pas la cause de cette misogynie puisque l'armée recrutait des filles depuis une décennie. Le mythe de l'homme des bois dur à la tâche et l'insécurité des maisons isolées ne résistaient guère à un examen des lieux où les épouses se montraient généralement plus coriaces que leurs compagnons. Le machisme venait surtout de l'état d'esprit des cadres généralement issus de vieilles familles campagnardes. Ces hobereaux conservateurs et catholiques pratiquants considéraient que la femme ne pouvait être garde-forestière à l'image de leur Église qui ne les trouve pas dignes de la prêtrise. Pourquoi cette infériorisation ?

Nul ne le sait tant les voies du seigneur sont impénétrables… et infréquentables, à entendre les bigots donner de la voix dans les rues pour psalmodier leur haine envers la loi qui donne droit aux homosexuels de s'unir ou celle qui permet aux femmes non mariées avec un homme d'avoir accès à la procréation médicalement assistée. Seule doit être reconnue la famille traditionnelle avec maman et les enfants autour de papa alors qu'ils vénèrent la « sainte famille » au sein de laquelle la mère est vierge, le père biologique est invisible et le père adoptif inexistant au point d'être charpentier dans un pays où il n'y a pas d'arbres. Quant au fils, il vit au milieu d'une douzaine d'apôtres, tous barbus, sauf Jean, son disciple préféré.

Il y a du soufre dans la foi du charbonnier.

Elle est une pluie acide qui estropie la nature depuis que la religion ne prend plus sa source dans *religare* qui créait un lien avec les divinités terrestres mais dans *relegere* où, lisant et relisant de saintes écritures, les hommes ânonnent des ritournelles à des dieux étrangers.

Il y a de la noirceur dans l'âme du mâle.

Au bout de trois millions d'années d'existence, l'homme viril en est encore à vouloir dominer sa compagne de vie. Qu'elle tente de ruer, il la roue de coups, à la tuer. Combien de millénaires s'écouleront-ils avant qu'il ne se sente plus supérieur à la campagne dans laquelle il vit ?

Déplorable spectacle que Jean parvient à oublier en cultivant son jardin.

Le bonheur l'habite dès qu'il y met les pieds. L'hiver est long, la terre est de glace, un seau d'eau chaude délivre la doucette en attendant que le coassement des grenouilles annonce la fin du gel. Jean guette fiévreusement le moment où les deux crapauds enterrés sous la rhubarbe rejoignent la mare de leur enfance et en reviennent, les membres engourdis d'avoir trop vigoureusement enlacé leur partenaire.

Il a hâte de trifouiller la terre, la bichonner, sentir sa force de vie. Mains et pieds nus, il la malaxe, s'y enfonce. Le manche de l'outil devient le cordon ombilical qui le replonge dans le giron maternel. La pioche assouplit sa peau raidie par le long sommeil hivernal, le râteau la grattouille, les doigts l'ensemencent dans de douces caresses. L'inceste est un tabou que la terre ignore. Ses paysans de fils l'inséminent et deviennent pères du fruit de ses entrailles.

Quel plaisir de se fourrer en elle !

Cette jouissance physique rend Jean réfractaire à la permaculture, mode de jardinage qui prône de recouvrir le sol d'une couche d'herbes coupées dans le but d'en préserver la fraîcheur. Issu de moult générations de familles paysannes, il a trop besoin d'un contact charnel avec la terre. Sortant d'un milieu forestier, il sait que le sol se dégrade sous un humus trop épais tandis que la plante prospère dans un mull diaphane.

Et puis l'idée de rentabilité a depuis longtemps quitté son potager, lequel tend, année après année, à prendre l'apparence d'un jardin de curé où les fleurs chevauchent les légumes, parfois à la hussarde, sans que ne le perturbe le cri d'une carotte injuriant une bourrache ou une capucine squattant sa plate-bande. Serait-ce une phase préparatoire à l'instant fatal qui lui fera manger les pissenlits par la racine sous une couche de chrysanthèmes ? Jean ne s'en soucie guère, sa progéniture continuera sa vie. Il peut mourir en paix, mais pas tout de suite. Trop douce est la vie d'un retraité et la vieillesse éloigne si bien la mort qu'elle vaut la peine d'être vécue le plus longtemps possible.

Le bougre temporise, prend ses enfants à témoin :

- *Je vous le jure, Madame la Camarde, ces petits ont encore besoin de moi...*

La Parque sait que l'aile du papa-poule ne leur est plus indispensable mais sa faux hésite à noircir leur beau sourire arc-en-ciel qui mange le blanc des nuits de ce coq-en-pâte.

- *Pourvou qu'ça doure,* caquette-t-il tous les matins, au fond de son jardin.